永遠の不服従のために

辺見庸アンソロジー

目次

序　廃墟に不服従の隠れ処をさがせ

——まえがきにかえて

1　独考独航

ある朝、寝床で天啓があった。

「魚を飼うべし。魚は無声の、光り泳ぐ言葉である」

2　裏切りの季節

撃て、あれが敵なのだ。あれが犯人だ。そのなかに私もいる。

3 不服従、抗暴、抵抗

さて、沈黙してクーデターを受け容れるか、声を上げて抵抗するか。
すぐそこで、終わりの朝が待っている。

4 国家

もっともよい場合でも、国家はひとつのわざわいである。

5　死刑

辺見庸　抵抗三部作

永遠の不服従のために

『サンデー毎日』２００１年７月29日号～２００２年８月18・25日号掲載「反時代のパンセ」に加筆・訂正し、２００２年10月毎日新聞社より四六判刊行。２００５年５月講談社文庫版刊行。

いま、抗暴のときに

『サンデー毎日』２００２年８月31日号～２００３年５月４日・11日ＧＷ合併号掲載「反時代のパンセ」、『図書新聞』２００３年１月１日号掲載「敵は何か、敵は誰か」に加筆・訂正し、２００３年５月毎日新聞社より四六判刊行。２００５年８月講談社文庫版刊行。

抵抗論　国家からの自由へ

『サンデー毎日』２００３年5月18日号～２００３年7月6日号掲載「反時代のパンセ」のほか、『世界』２００４年3月号、『法学セミナー』２００１年10月号、『早稲田大学新聞』２００３年12月号、『新聞労連』２００４年正月号、『朝日新聞』２００３年3月11日付朝刊、『読書のいずみ』２００３年秋号、『沖縄タイムス』１９９９年10月14日付朝刊、『NHK社会福祉セミナー』２００２年10月～12月号、『日本経済新聞』２００２年2月24日付朝刊、『現代と親鸞』２００３年8月号掲載文に加筆・訂正し、２００４年3月毎日新聞社より四六判刊行。２００５年11月講談社文庫版刊行。

本書は「抵抗三部作」のアンソロジーに加え、新たに序文とあとがきを書き下ろし収録した作品です。

カバー写真　辺見庸
写真協力　赤阪友昭
装丁　　　石橋光太郎

序　廃墟に不服従の隠れ処をさがせ

——まえがきにかえて

廃墟に不服従の隠れ処をさがせ

——まえがきにかえて

辺見庸

a

ある日、おもった。かつて「やましい」ということばがあった。たしかにそれはあった。疚しい。その語感とともに。疎林に注ぐ、冬のうすらびのように。実体がひきずる影のように。ふりはらってもついてくる、みえない分身のように。みぞおちにのこる過誤の記憶——その反照。存在はそのほとんどがやましかった。存在はいま、むしろ、うとましく、あさましく、もの憂い。

b

母が死んだ。ことばと視界と記憶の陥没。妖しい穴。やましさと、それはかんけいする。

c

だから、というのもへんだが、このさい本音を話そう。「永遠の不服従のために」という、ごたいそうなタイトルを、あっさり「永遠の服従のために」と差しかえたほうがよいのではないだろうか。あるいは「永遠の隷属のために」と。毫も腹蔵なくもうしあげるとしたら、そのほうがせめても正直で、いくぶんなりともてきせつなのではないでしょうか。そうおもうことがじつはまえからあり、いままたある。「永遠の屈従のために」「永遠の屈辱のために」「永遠の屈服のために」「永遠の敗北のために」「永遠の堕落のために」「永遠の頽廃のために」「永遠の裏切りのために」「永遠の空虚のために」「永遠の不自由のために」「永遠の偽善のために」「永遠のインチキのために」「永遠の似非《えせ》のために」「永遠のみせかけのために」「永遠のイカサマのために」……。あるいは「終わりない崩落のために」では、さあ、どうだろうか。いっそスッキリしないか。どうして「永遠の服従のために」ではいけないのか。いやあ、それはいくらなんでも……と、ぐずぐず言うなら、「不服従」についてなにごとか、しどろもどろにせよ、説明すべきではなかろうか。しどろもどろは、とりわけきょうび、かならずしもわるいことではない。どころか、満面に笑みを浮かべて立て板に水をながすようにしゃべるほうが精神病理上おかしくはないか。というのは、口にこそしなくても、多くのもの（〝多くのもの〟とはだれのことか議論のあるところだが）が内心おもっているはずである。さしあたり、そこ——しどろもどろ——から出発しなければならない。だって、不服従と服従のちがいや差、境界を証明したりうらづけたりするのはとても困難だからだ。あなたが仰天しようがすまいが、不服従と服従はいま、なにかにつつがなく包摂された〝同義語〟かもしれないのだ。同義語とよべないまでも類語であることはたしかだろう。なにはともあれ、対義語ではない。不服従と服従が対立しない？　しどろもどろにならないほうがおかしい。わたしはだるい。懈い。トカトントン。

d

なにかがあらわになってきている。劈開面が少しみえてきた。ような気がする。母の死によってなにかがいっそうあらわになった、と言うこともできるし、母の死のまえからそうであった、ともおもえる。あらわとはベリベリと剥がされ、剥《む》きだされることだ。どうじに、生皮が剥きだされた無残な様態を、いまとなってはもう弥縫《びほう》も糊塗もできなくなってきた、そのようなとりかえしのつかない過程である。「もっとも容赦のない時代」がきたのだ。ほんとうにそうだろうか。わたしはだるい。ヨウシャノナイという形容句がどのていどの容赦のなさ、仮借なさをさしているのか、しかし、だれも知らない。わたしどもいま生きてあるものらは、耐えがたい時代、けっして耐えるべきではなかった時代を、ぬけぬけと生きのびてきた。生きのびさせられてきた。圧倒的な現実に、ことばということばを食いつくされて。なされるがままに。いまさらなにが「不服従」であろうか。ことばはつかわれるまえから、あらかじめつかいふるされてしまう。ことば——誕生とどうじの、はげしい老廃。

e

ひとびとはかつてなくおとしめられている。貶められている。ひとびとはほとんどいつも、かつてなく、なんとなく、ひとをはなはだしく貶め、そうされるつもりもそうするつもりもなく、貶められ、貶めている。疚しさとともに、貶めるというがいねんと語感を失いつつある。「あさましい」ということが、なにかわからなくなった。そうおもふ。歴史のがいねんの解体とテロリズムというがいねんとイメージの（再）構築。

f

母が死んだ。ひとつのnormが消えた。息絶えた。よりせいかくには、母は死んでいた、息絶えていたのである。「死んだ」と「死んでいた」は、ずいぶんちがう。現在完了と過去完了ほどにことなる。どちらにしても、母の死をまえにしては、不服従も服従も、どうでもよいことなのではないか。それに、母の死という与件がなくたって、不服従と服従は角つきあわせるような対立がいねんだろうか。かのじょはその生涯にわたり「不服従」とも「服従」とも手紙にしたためたり口にしたこともなかっただろう。かりにあったとしてもきわめて稀であったはずだ。「永遠の……」という、大げさで客観的根拠のない、じつは多分に主観的で気どったことばも、かのじょの口からは聞いたことがない。すなわち母は「永遠の不服従」ないし「永遠の服従」などという文言なしで、短くはない一生を閉じた、閉じることができたのだ。それはある意味でおどろくべきことではないだろうか。かのじょは青いノアサガオをこのんだ。

g

駅前で顔のくすんだ男女が夕刻、ビラまきをしていた。色あせた旗がはためいている。なにかの署名をよびかけている。「お疲れさま!」「ご苦労さま!」「がんばりましょう!」。

わざとらしくあかるい、よどんだ地声。仕事がえりのひとびとによびかけている。わたし、うっかり灰色の川にまきこまれる。泳いでもいないのに溺れる。泥道でもないのにぬかるむ。わたくし、ひげを剃っていない。しばらく風呂にもはいっていない。スーツを着ていない。ネクタイをしめていない。汗じみのついたキャップ、くたびれた靴。母が死んだ。おっかあが死んだのだ。あえぎあえぎ、転けそうになりながらあるいている。目がかすむ。どうしてもビラまき隊のまえをとおらなければならない。「お疲れさま!」「ご苦労さま!」。コンビニの防犯カメラが通りを自動的に撮影している。どこにも悪意はない。憎悪もない。敵意もない。世界はもう対象化不能かもしれない、わたしはただ世界に記録され消去されるのみなのだ、自動的に、ノンストップで……とおもう。わたしの輪郭は消えかかっている。タコ焼きのにおいがする。ビラまき隊のまえにきてしまう。旗が耳もとでバタバタと下品な音をたてている。ビラまき隊の男がわたしに(たしかにわたしに、だ)あかるく下卑た、わざとらしい大声をかけてくる。「オェス!」。声はからだから露出した、りっぱな実体であり思想ある。底意のひびきである。とりかえしのつかない暗愚。男、目もわざとらしく笑っている。「オェス!」。「お疲れさま!」でも「ご苦労さま!」でもなく、「オェス!」。たしかそう言った。わたしにビラはくばられない。署名ももとめられない。けっこう。が、なぜなのだ。「オェス!」ってなんだろう? わからないが、なんとなくわかる気もする。

幸か不幸か、わたしはS&W　M500をもちあわせていない。だから、「オェス！」の男の頭は吹き飛ばされない。脳漿はそこいらに飛びちらない。ちゃんとそこにある。風船みたいに。口も目も鼻もある。「オェス！」

h

けふ、おもひだした。ダナンで、ある太ったニッポンの作家とたまたま会って、コムガーを食いながらビールをのんだ。たしか、ビア・バーバーだった。あれは一九八九年の六月初旬。天安門事件の直後だった。ダナンにはベトナム戦争中から腕のよい仕立屋があり、作家はそこでいつもスーツを仕立ててもらうのだという。「きょう仮縫いがすんだんだ」。ガック（ナンバンキカラスウリ）の汁でぶあつい唇を赤くそめた作家は、じぶんの言っていることにさほどにかんしんもなさそうに、しかし、発声しなれているらしい大声でさけんだ。天安門事件について。「君ね、正義はかならず勝ちますよ！」。鶏肉のきれはしが、かれの歯のあいだから飛んできた。空疎でステレオタイプなことばを、いかにも真にうけたふりをして聞き、どうじに、相手に聞きとれないほどの声で、内心、露骨に「バカめ！」とあざ笑う。だれかがそんなことを書いていた。そのような醜悪な相互欺瞞がいつまでもつづくわけがない、と。ダナンのそのとき、わたしは小さくうなずきながら「ふん、クソッタレが！」と無言でののしり、背骨のあたりに赤錆のような疲れをかんじた。いつまでもつづくわけがない、そのしゅの醜悪な相互欺瞞と手に負えない疲労は、いままでずっといちどもとぎれずにつづいている。その翌日だったか、急に目がかすんだ。海岸にいったのだ。背中の毛がぬけて皮膚がむきだしになっている痩せ犬が海にむかって芯のぬけた吠え声をだしていた。狂っていたのかもしれなかった。赤むけの犬の背のずっとむこうに、灰色の僧衣の尼僧たちが十数人かすんでみえた。水遊びをしているらしかった。尼僧らは波間に消えたり浮かんだりした。嬌声だか悲鳴だか判然としない声が、犬の吠え声にまじり、風にながれ、ちぎれる。あれからずっと目がかすんでいる。疲れている。

i

疲れている。からだのふしぶしと神経という神経、血管という血管が錆びついている。わたしはだれも知らない隠れ処のわら床によこたわり、これまででもっとも深い眠りを眠りたいとおもう。いつまでも目ざめなくたってかまわない。で、忘れないうちに書いておく。「隠れ処」ということばとイメージ、その所在、その有無、その記憶について、その質感にかんし、もっと注意をはらうべきである。隠れ処。遠のいてゆく過去。わたしはながく隠れ処にあこがれてきた。いつかは逃げこむ場所《トポス》ならぬ場所。非-場。ぜったいの潜窟。アジール、サンクチュアリ……。そんなものはもうどこにもないだろう。ありゃしない。なくなったのだ。たぶん。

j

そうだ。母の死をもはや逃れがたいものとさとらされたころ。せいかくにはいつだったか失念したが……。もしかのじょが死んだら、ちょっとおもってみたいと（言わば、ふざけて）おもったのだった。「きょう、ママンが死んだ」と。「もしかすると、昨日かもしれないが、わたしにはわからない」と。ふと、なんとなくそうおもって、そううそぶいてみたかっただけだ。どうしてかはわからない。ママンと母とのちがい。わたしの死への具体的な距離。気疎さ。物語というものの途方もない死の近さとその自在性。死亡日時を知らなかったことの怠惰と自堕落となげやりとほんの少しばかりの、べつにあってもなくても大差のない自責のようなもの……。それらをあれこれ頭でもてあそび、そうすることでわたしはじぶんを面折するのを避けてきたのかもしれないのだが……。しかし、「きょう、ママンが死んだ。もしかすると、昨日かもしれないが、わたしにはわからない」ならば、まだましだ。わたしは一か月ちかくも母の死を知らないでいた。というより、とうぜん知るべきことを知らずにすましていたのだった。これではシャレにもならない。諸事情がかさなりまして……と言いわけできる筋あいのことではない。母が危篤か亡くなりでもすれば、かならず連絡がくるはずだとおもいこんでいた。が、わたしは問わないでいたのだ。一か月ちかくも！　「さしあたりは、ママンが死んでいないみたいだ」を、わたしは実践し、他人には母の死が遠くないことを、そう言えばわたしの存在がよりおもくなり〝額装〟されるとでもおもったのか、やや沈痛な声音、面もちで、さりげなくつたえたりしたのだ。そのとき、母はすでに死んでいた。「ハハウエノシヲイタム、マイソウアス」と電報をよこさなかった施設がわるいのではない。訃報をあえてつたえなかった不作為と安否を積極的に問わないでいた不作為――どちらがすさんでいるか。はっきりしている。後者は不作為ともよべない、体のよい長期的放置にひとしいからだ。言うまでもない。そして、わたしはムルソーではない。

k

にしても、腰をぬかすほどおどろいたのは、母の死そのものではなかった。それを知らずにいた（知らずにすませていた）時間がこんなにも長かったこと――が、どうあっても信じられず、その間にわたしが口にしたことば、目つき、声色《せいしょく》、身ぶり、たどった思考のすべてが、いまは腐ったはらわたのようにおもわれてならないこと――に、さらにおどろいたのだった。わたしはびっくりしつづけている。〈さあ、よおくみてみろ！　この鼻も曲がるほどくさい、おまえのはらわたを！〉と、わたしはわたしに命じられた。闇夜に、右の腰のあたりから、はらわたをズルズルとひきずりだされているようであった。おぞましい湯気があがっている。悲しくはなかった。おぞましく、なにかあさましいとおもった。

l

かあちゃんを殺したのではない。わたしにはアリバイがある。alibi　現場《げんじょう》不在証明。わたしは母を殺したのではない。殺してはいない。だろうか？　動機もない。だろうか？　ほんとうにないだろうか？　わたしは〈他のところに〉いたのだ。故意か迂闊か無意識かべつにして、〈他のところに〉いた。だがしかし、それがどうしたというのか。ネットの辞典でしらべると、［アリバイ］【alibi】〔もとラテン語で「他の所に」の意〕犯罪などの事件が発生した時、被疑者がその事件の起こった現場にいなかったという証明。不在証明。「――くずし」……などとあり、その欄外に、「アリバイサービスをお探しなら　彼氏・家族への在籍対応はお任せ　水商売など職業的事情でお困りなら」というCMとURLがでてくる。URLをクリックすると「業界随一の安心成功報酬型のアリバイ」「誰でも安心して利用できる成功報酬型を導入しています」の宣伝文句と注意書きがでてくる。

「※暴力団関係者の方のご利用は固くお断りさせて頂いております。また、当社のサービスを悪用すると判断した時点で強制解約とさせて頂きます。尚、偽造文書の作成は承っておりませんので予めご了承下さい」。そうか、アリバイ・ビジネスというのがあるのだ。なんでもある。ないものはない。ないものもあらしめる。クライアントに現場不在証明をしてくれる仕事か。「在籍対応」という熟語のすごみ。【個人情報保護宣言】弊社は、お客様からご提供いただく個人情報に関して、その重要性に鑑み、個人情報の保護に関する法律その他の関係法令等を遵守し、厳重なセキュリティ対策を講じるとともに、個人情報を適正に取り扱います。また、個人情報の取り扱いに関する苦情・相談に迅速に対応し、弊社の個人情報の取り扱い及びセキュリティ対策については、適宜見直し、改善いたします——問題はない。わたしはママンを殺していない。知らなかっただけだ。だろうか？　アリバイがある。だろうか？　アリバイがないなら、金で買える、ということか。

m

それよりも眠りたい。だるい。午後の終わりの美しい光がガラス屋根からそそぐ、白い石灰の部屋。遺体安置所。二匹のモンスズメバチがうなりながらガラス屋根にぶつかっている。ごくうすい伽羅ならいいが、ユリの花はかんべんしてほしい。できればもっと淡いにおいにしてほしい。すこし風をとおしてもらえないだろうか。ママンが母にいれかわり、わたしは母にいれかわって、ゆっくりと棺にあおむく。手を腹にくむ。口をつぐむ。モンスズメバチのぶつかる音が遠のいてゆく。まどろむ。が、ここはわたし固有の隠れ処ではない。遺体安置所もしくは死体公示場だ。

n

母の最期をみとることはできなかった。どうしてもそうしなければならないとおもっていたのなら、できなくもなかったのだろうから、母の最期をみとらなかったと言うべきかもしれない。以前みまったとき、母はまっ白い蚕《かいこ》のようにちぢまりベッドにころがっていた。まったく口をきかなかった。最終的黙秘権行使――わたしはそうおもった。かのじょのからだで時間がぎゃくもどりしたらしく赤子の顔になっていたが、目は油断ならなかった。排泄物か吐しゃ物のにおいがすみずみまでえんりょなくたちこめ、空気がどろっととどこおった部屋で、もはや蚕状となった母は、昏睡しているようにしていながら、ときおり射るようにわたしのからだの底をみていることがあった。そっちょくに言って、どうみても、かのじょは逝きたがっているようではなかった。なのに、そこはかとなく逝くもののようにふるまっているようにもかんじられた。ひとは逝くものであるし、逝くものは逝くもののようにふるまうべきである、そのようなものなのだという〝公知〟と機序にしばられたように、演じるでもなく演じていたのかもしれない。かのじょはおそらくだれからもせつじつには望まれてはいなかった。かのじょがかのじょじしんでありつづけ、九十二年間の存在の沼の、得体の知れない底をさらけだすことを、いったいだれが望んでいただろうか。望んだものはとても少なかったか、皆無だったにちがいない。にもかかわらず、ありえない健康の回復や時間の連続がさもあるかのようにかたられ、葬礼の過程がそのときすでにはじまっていたはずなのに、生を言祝ぐかのような声をかける手順には残酷なまでに狂いはなかったのであった。葬礼とは生をしめやかに追いだすながいプロセスであり、逝くものは逝かされるものである。逝くべきであるとされるものと葬礼のぜんたいをとりしきる生者は、空手の組み手のように約束された身ぶりをするだろう。

o

あなたはどうかわからない。だが、わたしはヤバい。かなりヤバい。なにしろ、発語のたびに、つまずく、つんのめる、たたらをふむ、しらける、歯が浮く、ほつれ、もつれる。どうしてもそうさせるもの。かたるそばから、ほろほろと剥落してゆくもの。防ぎようもなく複雑に、かつ微細に骨折していくもの。言うほどに、みるみる腐蝕し、鬆《す》のたつもの。

わたしの舌と咽喉はいま、たかだか「キネズミ」と発音するのにさえけっして素直ではない。キネズミの音と表意と表象と含意を内心うたぐる。キネズミにかくされた悪意を、それとなくさぐろうとする。あるいはキネズミの罠を。この件にかんし、まだウィキペディアを調べてはいない。ウィキペディアを信じるわけにはいかない。だいいち、わたしにかんする記載がひどくまちがっている。わたしは訂正してほしいともおもわない。訂正のしかたもわからない。わかりたいともねがっていない。かってにしてくれ。わたしじしんわたしがわからないのに、他の人がわたしにことわりもなくわたしについて記載し開示する神経と無神経がよくわからない。わかろうとしたってむだであるらしいことはなんとなくわかる。わたしは神経がときおりチリチリする。チリチリとこすれ、ひきつり、不規則に反る。わたしのまえで携帯電話端末をタッピングしてウィキペディアでなにごとかしらべている男女の後頭部をみていると、チリチリとしてくる。鉞《まさかり》の字と鉞の刃と鈍い音、噴きだす鮮血を連想する。ああ、モトへ（わたしの故郷では、モトイと言ったものだが）！キネズミの話にもどる。キネズミ……。昏い頭蓋のかたすみに、ひょっとしたらキネズミは「ウラキネズミ」という、わたしのまだ知らない、コンピュータかインターネットがかんけいするらしいがいねんの入り口にたつ、ダミーのようなことばかアバターまたはマルウェアの別名なのかもしれないな、という疑念が、錆のような疲（徒）労感とともに、どうでもよいのだが、わいてくる。砂の粒子間の噛みあわせが、ザリッとはずれる。初期の間隙水圧。すべてはどうでもよいことなのだ。どうでもよいことばかりだが、どれひとつとっても、どうでもよいことなどありはしない。にもかかわらず、どうでもよい。けれども、どうでもよくはない。すくなくとも、バカげている。「コピーレフトなライセンスのもと、サイトにアクセス可能なだれもが無料で自由に編集に参加できる」というウィキペディアのうたい文句に、わたしは立つ瀬もなく、ひとしれず赤面し、赤面するわけをじゅうぶんに説明もできずに、じつは、いじましくウィキペディアでなにかをさがしたりしている。ガラスマとグロスマだってさ。アハハハ。あほくさ。日常的な背信と敗北。錆のような疲（徒）労感は、殺意か破壊衝動の沼となっては、しかし、ほどなく涸れてしまう。刻々のまきこまれ。わたしは意味もなく安全で無害だ。しかし隠れ処……。

p

テオドール・ルートヴィヒ・アドルノ＝ヴィーゼングルントというクソながい名前の陰鬱な男がいた。暗い目をした、なんだかあやしいやつだ。あやしくないやつなんかいないのだから、あやしくてもかまいはしないけれども、アドルノのあやしさは、どうも年季のはいった古カビのようにいやらしい。尾をひく湿った影。かれは「Fスケール」（fascism scale）というものをあみだした連中のひとりだったという。Fスケールは、ファシズム的な人格の濃淡を測定するための指標である。テオドール・ルートヴィヒ・アドルノ＝ヴィーゼングルントは、しかし、自己の内面をFスケールによって精査したことがあるだろうか。モトイ！　隠れ処についてわたしは言いたいのだ。アドルノはそのむかし、隠れ処にかんし、こんなぐあいに断言した。「もはや隠れ処など存在しない」。アドルノのジャズ、ポップスぎらい、ナチ加担説をいちぶ考慮においても、この判断はまちがってはいない。そうだ、「もはや隠れ処など存在しない」のだ。わたしはうなだれ、しぶしぶ承諾せざるをえない。かれは言った。「もはや隠れ処など存在しない。ヨーロッパにおいてすら同じことだ。清貧というものはなくなり、管理社会から脱落した者がつつましく冬を越すことすらもはやできなくなっている……」。だが、隠れ処はほんとうに存在不可能な非‐場になってしまったのだろうか。

q

しばらくまえに「なにももたない者は、無をとりあげられるだろう」というご託宣を本で読んで、ハッとし、ややあって、きもちがざわっとした。あるものだけでなく、ないものまでうばうとはただごとでない。たしかに『マタイによる福音書』（新共同訳）には「だれでも持っている人は更に与えられて豊かになるが、持っていない人は持っているものまで取り上げられる」(25―29)という(まるで資本主義の原理そのものの)一文があり、さらに「この役に立たない僕《しもべ》を外の暗闇に追い出せ。そこで泣きわめいて歯ぎしりするだろう」(25―30)と、ずいぶんキツいことが記してある。けれども、無産者または無所有者からさらに「無」までうばうのと、もっていないものからもっているものをとりあげることがおなじことなのか、おなじではないのか、だとするならば、どのようにことなるのか、よくわからず、ほんとうのことを言えば、よくわかろうともしていない。ただ、ひとから「有」だけでなく「無」もうばいとるというおもいつきがすごい。そうだとしたら、これいじょう残酷なことはないのではないか、という直観が新芽のようにわく。でも、まてよ、それが残酷だろうか？　ザンコク？　ざんこくって、いったい、なんだろう。おもえば、残酷の質感をわたしはそくざに言いあてることができなくなっている。残酷とはなにかを説明できないなんてちょっとひどくはないか。たしかにひどいのだ。ひどいということを、まずは、ばくぜんとでもみとめなくてはならない。

r

あえて哲学風にいえば、なにもないという実感はかならずしも残酷でも不当でも不幸でもない。むかし（すなわち、携帯電話やスマートフォン、インターネット、無線LAN、ドローンなどがまったくなかったか、あまり普及していなかったころ）のエチオピアのダナキル砂漠。むかしのチベット高原。むかしのモンゴル高原。それらは、無のありようはそれぞれちがうけれど、この世にはなにもない時空があるのだとかんじさせ、それは無やゼロや無限、未生ないし未生以前、死滅、絶滅、全的消滅、解放（またはそれに似たもの）を幻覚させ、なにかが在ることやなにかが遍在（もしくは偏在）することからくる呪縛や圧迫感、焦慮、いたずらな渇望はなかった。これはあくまでもわたしの印象なのだが、むかしのダナキル砂漠（いまはまったくちがう）に立ったとき、わたしはないものに溶融することができそうな気がしたのだ。無への同化――が可能であるとかんじさせるなにか。それは全身麻酔の海原をただよう無我とはなんらの共通性もないのだろうが、記憶をたぐれば、無明長夜の、朝でもなければ夕べでもない、名づけえない空洞にみたされ、ときおり、なす紺やあさぎ色のかすみのようななにかがながれていた気がする。そのとき、〈無のようなここには、なぜ無そのものではなく、なにかがあるのか〉――そのような問いをじぶんに恥ずかしげもなくはっすることもできた。もっと言おう。non-being（実在しないこと）とはなにか、かんがえる手がかりがあるようにもおもわれた。nowhere（どこにも…ない）という空間が、あるにもかかわらず、なぜないのか。nobody（だれも…ない）は、ここかしこにいるにもかかわらず、なぜいないのか。母は死んだ。

S

いやな空気、いやな声、いやな感触、いやなことば、いやなモノ、いやなシステムがある。たいがい、いやなものばかりだ。例。フォールト・トレラント・コンピュータ（fault-tolerant computer）またはノンストップ・コンピュータ（non-stop computer）というやつがいやだ。怖い。ぞっとする。だいたい、ひどいことばじゃないか。fault（落ち度）にtolerant（寛容で耐性のある）なコンピュータだと？　fault-tolerantな社会にfault-tolerantなひとびとがはぐくまれ、けっか、fault-tolerant computerがつくられたというのか。へっ！　ジョークではないのだ。はげしい吐き気をもよおす。わたしはそれらのシステムにくみこまれているらしいのだが、それらの実物をみたことはない。ということは、fault-tolerant（自己修復・耐欠陥性）またはnon-stopということばやがいねんが嘔吐をさそうのだろうか。それらは無へのそこはかとないノスタルジアや自己消失への（「閾」以前的な）潜在的願望を感知しない。コンピュータじしんは自己消失を渇望したり前提したりはしない。それらはたえず自動的に監視し、ノンストップで自動的に指示の解釈と演繹・実行の制御をおこなう。ビッグデータ、メタデータ、ベクトルデータ、ニューメリックデータ、アルゴリズム……

これらによって、ひとびとの意図とふるまいは「さきよみ」され、「さきどり」されているという。わたしはこれまでになにを買ったかだけではなく、こんごなにを買うか、だれとなんかい、どのような体位で性交するか、なんど嘔吐するか、おくびするかしないかまで、どうやら「さきよみ」されているらしい。わたしの意図と衝動と生理とふるまいが、わたしよりさきに、「さきどり」されているらしいことは、だれが、なんのために企図したけっかなのだろうか。勘で言うしかない。たぶん、人格的ではないなにものかが、企図せず、自動的に、たえずfault-tolerantにやっているのだ。えっ、人格的ではないなにものかが、企図せず、自動的に、たえずfault-tolerantに？　というのは、ひとはかかわっていないということか。

t

とんでもない。全民的にかかわっている。十九世紀末にベルリンにうまれた哲学者H・Mに言わせれば、「精神の内的次元を削りとられた」ひとびとが、とくていのだれがということではなくて、（これはわたしに言わせれば）全民的にほぼ例外なく、無意識に、摩擦なく、自動的にかかわっており、ある個人が夜半にみた眼底から生えでた銀色の気根の夢から、いっしゅんの父子性交の夢まで、だれかに無感動にモニターされ、記録され、その記録が際限なく蓄積され、解析され、分類され、必要なだれかに提供されるのもテクノロジカルに可能であり、テクノロジカルに可能であることは、さもベンリで、よいことであるかのようにみなされるのである。それでよいならそれでよい。現代の世界に、崇高にせよ邪悪にせよ、なんらかの企図はあるのだろうか。きたるべき未来のための意思といとなみ。そんなものはありはしない。企図なき世界と人格なきひとびと。それでよいならそれでよい。ないものから「無」さえうばった世界。もうどこかに逼塞《ひっそく》さえできないのだ。どこにも隠れ処はない。それは、それでよいならそれでよい、とでも言うしかない、邪悪以下の世界である。H・Mの予感は正しかった。一九六〇年代前半にH・Mは直観した。「テクノロジカルな統制が、すべての社会集団や社会的利益のために――どのような反駁も不合理にみえ、どのような反対も不可能にみえるほどに――文字通り理性を体現しているように思われるのである」（『一次元的人間』第一章「統制の新しい形態」生松敬三／三沢謙一訳）。H・Mはこうもひかえめに言った。「人びとが押しつけられた生存に自己同一化し、そのなかに自己の発展と満足を見出すときには、疎外の概念が疑わしいものとなるように思われる」（同）。疑わしいものとなるようにおもわれる、どころではない。「疎外」のがいねんと実感はテクノロジカルに消去・削除されつつあり、そのことがまるで理性を体現しているかのように錯覚されている。

こんなすごい「ニュース」をみた。熊本大地震のさなかに。なにも大地震のさなかだから問題というのではない。

「六歳女児の鼻なめる＝都条例違反容疑で男逮捕─警視庁」〈時事通信四月十九日（火）13時18分配信〉

女児（6）の鼻をなめたとして、警視庁×××署が東京都迷惑防止条例違反容疑で、アルバイト店員××××容疑者（×）＝東京都××区×××＝を逮捕していたことが19日、同署への取材で分かった。

××容疑者は「身に覚えがない」と容疑を否認しているという。

逮捕容疑は3月××日午後×時半ごろ、同区×××にある生活雑貨店内で、幼稚園児だった女児の頬を両手で挟み、鼻の頭を二、三回なめた疑い。

同署によると、女児がびっくりして泣きだし、××容疑者は店舗出入り口から逃走。防犯カメラの映像に同容疑者が映っていたという。女児は両親らと買い物をしていた。

（記事は××部分に実名、年齢、住所などを明記している）

人間が貶められ、みすてられ、軽蔑すべき存在になっている状況……とだれかが書いた。それはむろん、生活雑貨店内で、女児がある日、男に二、三回鼻をなめられて泣く景色のことではないのだ。いったい、なにが起きたのか。なにがせつじつな問題なのだろうか？なにが問題かわからないのがせつじつな問題なのだ。なにが問題かわからないのがせつじつな問題なのに、それを問題としないことがもっともしんこくな問題なのかもしれない。すなわち、つきるところ、問題はおおむねないのか……。この「ニュース」の、いわば「価値の共同性」を閑にまかせて、さぐってみるのもよいだろう。とおもうそばから、徒労感と無力感と倦怠感が脊柱ごしにじわじわとはいのぼってくる。それとともに、神経がチリリとひきつれる。「基底」だ。それがない。すでにないものから、さらに「無」までとりあげた風景。報じられた全景のどこにも価値の共同性をささえる「基底」がないのだ。できごとにも、これをできごととするメディアにも、取材した記者にも、防犯カメラに映ったという「同容疑者」をつかまえた警察にも、この「ニュース」をみるともなくみたわたしや他の読者にも、もう「基底」がない。あわれなほどにない。逆説的に言えば、「基底」はもはや世界破壊的なまでにない。思考の落盤である、これは。不気味なもの——それは女の子の頬を両手ではさんで鼻の頭をなめたという「同容疑者」ではない。なにげない思考の落盤と陥没の暗々とした風景が、なにげなさゆえに不気味なのである。これは廃墟ではないのか。「国境なき記者団」（RSF）が作成した二〇一六年の「世界報道自由ランキング」によると、ニッポンはタンザニアの次の七十二位だそうだ。G7中、最下位。これを特定秘密保護法などを制定、施行した支配権力のせいだけにできるだろうか。だれが自由をもとめていると言えるのか。報道の自由をはじめとする人間存在の「自由」を、どれだけのひとびとが死活問題だとかんがえ、そのために、いったいどれだけのひとびとが身を挺してたたかったというのか……。「鼻なめ記事」にみる価値の無基底状態からそれは瞬時に判断できる。これはカスである。廃墟である。

v

エンツェンスベルガーがそのむかし書いたことがある。「保守的レトリックの七つの主要形態」について。①スベテガソンナニワルイワケデハナイ②ヨソノホウガマシ、トイウワケデハナイ③イツモズットソウダッタ④ヨクスルニハアタラナイ⑤ダレニモソノセキニンハナイ⑥アルガママデスベテヨシ⑦モンクヲイウヨリキョウチョウシタホウガイイ（『意識産業』「消費者の国民投票」の「補足」から）――以上終わり。説明不要だろう。七つの矛先をつきつけられてなんらの痛みもかんじないやからが、いま「一億総活躍社会」だの「一億総活躍国民会議」だのと恥ずかしげもなく唱和しているのである。其の上《かみ》、「国民精神総動員」だの「聖戦だ　おのれ殺して　国生かせ」だのと、読んでも聞いても恥も恐怖もかんじなかったやからがほとんどであったこのクニならではの現象ではある。いままたモンクヲイウヨリキョウチョウシタホウガイイがまん延している。母が死んだ、「国民精神総動員」の時代を生きのびた、わたしのおかあちゃんが。スベテガソンナニワルイワケデハナイのだし、ヨソノホウガマシ、トイウワケデハナイのだ。ずっとそうだった。でもそうだろうか？　母の死の二日後、チャバネゴキブリにじつによく似た内閣法制局長官だという男が、参院予算委員会で「あらゆる武器の使用は国内法、国際法上の制約があり、わが国を防衛するための必要最小限のものにとどめるべきだ」ともっともらしく騙《かた》り、核兵器の使用について「憲法上、禁止されているとは考えていない」と述べた。鼻なめ事件同様に、号外はだされなかった。チャバネゴキブリは昨年夏、核兵器は「憲法上、保有してはならないということではない」と明言している。ここは「無」以下の廃墟である。チャバネゴキブリを身柄逮捕せよ。チャバネゴキブリの親玉も。

w

母をみとることができなかったじぶんの不行跡をぼんやりとふりかえっている。生々しい記憶だ。ダレニモソノセキニンハナイとはおもわない。「永遠の服従のために」残余の生を生きるのではない。わたしはやはり廃墟のなかにじぶんだけの隠れ処をさがす。廃墟のどこかに、だれもさがしあてられない隠れ処があるはずだ。隠れ処をさがせ。永遠の不服従のために……。

1

独考独航

ある朝、寝床で天啓があった。

「魚を飼うべし。魚は無声の、光り泳ぐ言葉である」

幻像

足もとをなにかが流れる音がする
世界が崩れて流れているのか（渋沢孝輔「偽証」から　思潮社・現代詩文庫42）

どういうわけだか、ものみな拉《ひしゃ》げて見える、ぬるく湿気った夜、ホームの端に立ち、朧に歪んだ三日月を眺めていたのだ。月というより、あれはまるで夜空の切創《せっそう》。傷口から光沢のある黄色の狂《たぶ》れ菌が、さらさらきらきら、駅に降りそそいでいる。伝染性の狂れ菌糸だ。そうとも知らず、反対側のホームに電車が停まり、疲れた乗客たちをどっと吐きだした。ややあって、一回、二回、三回、女の激した声がした。それに不規則な足音がつづいて、ホーム上に滞っていた闇がにわかに動き、怪しい風が割って入ってきた。ふり返った私の眼《まな》かいを、暗がりよりもっと暗い影が黒い人の樹林を縫うように走っていく。若い男のようだ。なに者か見澄まそうとする間もなく、いくつかの別の影が走る男と交差した。

だれかが走る男に無言で足払いをかけた。男はいったん、もんどり打って倒れたものの、すぐにバネ仕掛けのように勢いよく立ちあがり、またぞろ駆けだしたのだが、走るのと反対方向から、だれかの腕が伸びて若い男の細い首をずばっと水平に薙《な》ぐように直撃した。これも無言で。あれはたしか、プロレスのウェスタン・ラリアットという技ではなかったか。喉を手でおさえてよろめく男に、ひと声も発するでなく新しい影がまとわり、今度は見事な首投げだ。どすんと仰向けにホームに倒れた若い男を、四、五人の者たちが折り重なるようにして押さえつけ、動きを完全に制圧してしまった。下になった男は観念したのか眼を閉じて、喉からひゅーひゅーとふいごのような音を発している。

ひとかたまりとなった影たちは、スリとそれを追っていた私服刑事たちかと思ったら、そうではないようなのだ。背後でしきりにしゃくりあげる女性の声がする。さっき激して叫んでいた人らしい。夜目だからはっきりわかるわけもないが、なんだかアルカイックな面差しと服装の中年の婦人だった。泥眼《でいがん》を、私は連想した。その背中をビジネススーツの若い女性がさすってやっている。さすりながら、ホーム全体に響きわたるほど大きく明瞭な声で語りかけている。まるで台本の読み合わせみたいな調子で。「もう大丈夫。いいんですよ、なにも心配しなくたって。痴漢は捕まえなきゃいけないんですよ。捕まえないと、この人はまた痴漢をするんですよ」。気がつけば、大声を上げているのはこの女性だけなのだ。「ね、勇気をだして。もうすぐ警察がきますからね。これって結構勇気がいるんです。ね、がんばって」

痴漢と断ぜられた青年はピンでとめられた昆虫の標本みたいにぴくりともしない。いや、そうしたくてもできないのだった。彼を捕捉した乗客たちがさっきから捕捉のその姿勢を解いていないからだ。どうしてそうまでするのかは判然としないのだが、青年が首をもたげないように手のひらで彼の額を上から思い切り押さえつけている背広のサラリーマンもいる。でも殴ったりはしていない。罵ったりもしていない。みながごく当然の市民の義務を果たしているとでもいうように無言であり、無表情なのだ。ホーム上の風景の中心は、青年を下にして重なり合った男たちとその脇でしゃくり上げるアルカイックな中年女性および風景を意味づけようと試みている若い女性にあった。不思議な芝居を見るように私はその光景に見入った。折り重なった男たちのかたまりに近づいて、小腰をかがめて覗きこむ。すると、仰向いた青年が不意に目蓋を開いた。眼のなかに夜の川のような暗い水が静かに流れていた。川底に瞳があるように思われた。川の流れの底から流れのままに青年はどこか遠くを見ているようであった。若いころの私の眼にいまの私のそれを重ねるように、私はしばらく瞳を覗きつづけた。

若い女性は中年女性の背中をなでつつ、なおも定められた台詞を読むように話している。

話のなかに、自覚や責任や市民や協力といった言葉がでてきて、闇の質にどうしてもこなれないまま、言葉がホーム上を小石のようにころころと転がっていった。くさい芝居のようだな、といったんは思い、私はすぐさまその思いを、そういってしまえば反撃されるばかりなのだというわれながら不快な読みから、しぶしぶうち消した。うち消して間もなく、「現実はありあまっているのに、いまもっとも欠如しているのは現実である」という文言が不意に浮かび、だれがそういったのか懸命に記憶の糸をたぐっているうち、駅員たちがやってきた。この種のことによく慣れているのだろうか、いなすようないいかたで固まった風景を即座に溶かしてしまう。「はいはい、みなさんお世話様。さあ、関係者の方々はあっちに行きましょうね。すぐに警察がきますから。目撃者の方もご足労よろしく」。青年の躰から黒い影がひき剝がれていく。後ろ手にされた青年が駅員に押されるようにしてホームを歩いていく。その後をアルカイックな婦人が若い女性につきそわれ、上気した顔のままついていく。さっき首投げをかけた中年男性も、目撃証言をするのだろうか、関係者の列に加わって無言で歩いていく。完全だ。ＯＫ、パーフェクトだ。

世界は見た眼、崩れてなんかいない。じつに整然としているではないか。それぞれがあてがわれた役を粛々と完璧に演じているではないか。何度もリハーサルを繰り返したような、鮮やかな連係プレー。でも、この無明の底のような、どうにもおぼつかない感覚はなんだ。意識の生起と消失のあわいにあるような不確かさはなんだ。貧寒とした思いはなんだ。頭のてっぺんから足の爪先まで情報化された者どもの、あの不気味なほどのためらいのなさは、いったい、なにに由来するのか。ホーム上のこの劇は、なにか途方もないことの識《しん》をなしているのではないか。影はどうしてこんなにもうらぶれているのか。人々の眼窩はなぜこんなに深く、黒く、えぐれているのだ。人々はなぜにこんなにも大きな洞《うろ》を心の内にもつにいたったのか。組み伏せられた痩せた青年の、眼のなかのあの暗い川はどこからどこへ流れていたのか。私にはわからない。考えあぐねてまた夜空を見上げる。三日月の傷口から、ああ、狂《たぶ》れの菌糸があんなにも溢れでて、まるで銀砂子《ぎんすなご》のように煌《きら》めいて降っているじゃないか。

渋沢孝輔の詩はいう。「いまは錯乱の季節だときみはいうか／そうではないいまはただ偽証の季節だ」。私もそう思う。降りそそぐ狂れの菌糸は、じつのところ、私たちを単純な悩乱に誘っているのではない。私たちをとんでもない嘘つきにしているのだ。正気で偽証し、たがいに冷静に偽証しあい、偽証こそが正常の機制のなかで、私たちはつとに真実を忘れたのである。

初出：「サンデー毎日」２００２年６月９日号。『永遠の不服従のために』所収

センシティブ・プラント

すべてのものは感覚の中に在る。
そして精神的意識や理性の中に現われるものはすべて、
その源と根を感覚の中にもっていると言ってもよかろう。
（ヘーゲル『エンチュクロペディー』第3篇「精神哲学」から　樫山欽四郎訳）

オジギソウを買った。百円だった。発育不良なのか、店頭で子どもたちに触られすぎたのか、最初から生気がなくて、家にもって帰って人差し指を当ててみても、葉を閉じるというのでなく、小鳥の足跡のような形のそれらを、たよりなくふるふると顫《ふる》わせるのみなのである。オジギソウなんて、昔、売り物ではなかった。ほうぼうに自生していたから。学校帰りにはよくしゃがみこんでオジギソウと遊んだものだ。悪童どももそのときばかりは集団ではなく、なぜだかそれぞればらけてひとりになり、一抹の孤独感や内省を重ねて、マメ科のその野草にそっと指をさし向けたものだ。オジギソウは、すると、あえかな顫動《せんどう》などというものでなく、これは長い時が記憶を脚色したのかもしれないのだが、当方に刃向かいでもするように直ちに葉でつよく指をはさみこんできて、指もまた、おお、はさまれた、と感覚するほどだったのである。一対の葉が閉じると、そのとなり、そのまたとなりとオジギソウの反応は連鎖していき、眼前の葉という葉が鮮やかな恐慌をきたすのであった。野原には、だから、自然のじつに敏感な神経系がめぐりはびこっているのだと、私はそのころ身体で了解していた。

長じてボロブドゥールを訪れた際、近くの原っぱでオジギソウを見つけた。これまた記憶の悪戯かもしれないが、それらは日本のものより大ぶりで、まるで筋肉でもそなえているように勢いよく応働し、ぱくりと私の指を咬んだ。その後も、中国やインドやカンボジアや旧ユーゴなどに自生するオジギソウに触れてみたことがあるけれど、いずれも楚々たる植物というよりは手ごわい小動物めいたなにかであった。戦場となった荒野に育つものはとくにそうだった気がする。耳掻きの一方の端についたぼんぼりみたいな球状の花が、地べたから人の血でも啜《すす》り上げたか、とりわけて赤く咲き、葉は葉で憎しみを帯びたもののように触れるものにつよく反応した。

机の上にいま、少ししおれた日本のオジギソウがある。これの祖先は天保十二（一八四）年にオランダ人によりもちこまれたのだという。以来、約百六十年、原産地がブラジルのこの不思議な草は、日本の土壌にゆっくりと馴化《じゅんか》し、近年来の土質の変化にもなんとか適応して、いまや日本固有種と見まがうばかりとなったのである。もともとは激しい陽光の下でむっとするほどの草いきれを発していたはずなのだ。元来は刺激に対し率直に反応し、羞じればそれとわかるように身をよじり、拒むときにはずいぶんかたくなに葉を閉じたし、夜にはいたずらに煩《わずら》うことなく茎も葉柄も葉も感じることをやめて、ひたすら深い眠りを眠っていたのだ。だが、帰化してだいぶ変わった。変えられた。野趣もにおいも失ってしまった。この国のどこか卑怯な土質に合わせて、まるで徒《あだ》し心のあるもののように日々に屈託するようになった。外界に素直には反応しなくなった。本来、多年草だったのに、春まき一年草とされるようになったのも日本に来てからだ。含有しているはずのアルカロイドも、いまではすっかり抜けきってしまったのかもしれない。なんといってもいちばん厭な変化は、感じているのに感じていないふりをするようになったことだろう。近年はとくに拒絶しているのか歓迎しているのかわざと明示しない、葉の半開きという態度を身につけた。この国だけで通じる「曖昧」ということの妙味を覚えたのである。さても残念なことではある。

「感ずることは一般に個別的精神がその肉体性の中で肉体と共に健全に生きることであ

る」（前掲書）とヘーゲルは記している。感じるという「即自的に存在するにすぎない充実」をそれだけにとどめず、悟性的に深めるのも対自的にとらえるのも、端緒はまずもって感覚することからはじまるというのだ。ごく当たり前のことをいっているのだが、この当たり前さえ、感じているのに感じないふりをするのでは実現するわけがない。私たちの精神が身体とともにまっとうに生きようとするならば、感じたことをありていに表出するに如《し》くはない。少なくとも、そのような努力をしたほうがいい。でなければ、たぶん、悟性にも理性にもいたらないであろう。

この草をオジギソウまたはネムリグサと命名したのは日本人である。自虐的といわれそうだが、私はこれにも不満である。習性をそのまま名前にするのでは即物的にすぎ、あまりに芸がないではないか。中国では「含羞草《ハンシウツァオ》」ないし「知羞草《ジシウツァオ》」という。名辞の内面的深さ、味わいにおいて、くやしいけれども比べものにならない。日本の作家の多くはそうと知っていたから、作中、オジギソウなどとはいわずに、含羞草をあたかも日本語であるかのように用いたのである。日本人はなぜオジギソウを含羞草と名づけえなかったのか、これは結構大きなテーマだと私は思っている。「含羞」自体、もともと中国語なのだからいたしかたないとはいえない。「羞じらい草」とか「はにかみ草」とでもいえばまだよかったではないか。英名の「センシティブ・プラント」というのも、やや直截的という誹《そし》りもあろうけれど、オジギソウよりはどことなくメタフィジカルに思われる。「感じやすい草」とは、それに、言葉の佳《よ》き意味でとても性的である。英名は「ハンブル（humble—つつましい）・プラント」ともいうが、私はセンシティブ・プラントのほうを好む。にしても、たかが野の草に対する漢名、英名の擬人化の程度はどうだ。人が草の立場でものを感じているようだ。

問題は私のオジギソウである。萎《しお》れかかったオジギソウを前に、どうしたら生気をとりもどすのか私はくさぐさ思いめぐらせている。たとえば、土を変えたほうがいいのではないか、などと。オジギソウはこれまであまりにも過剰に感じさせられてきたから、感じることに倦み、故意に反応を鈍らせているのであろうか。お辞儀もしなければ葉も閉じないのでは、もはやオジギソウともいえない。ひょっとしたら、自己主張というものをみずからに禁じ、特徴のないただの野の草として、みなと和して平穏に群生していたいだけなのかもしれない。含羞も怒りも悲しみも知羞もなくセンシティブでもない、「無感動草」になりたいのかもしれない。おい、ほんとうにそうなのか、と声かけて、爪先で葉をつよく弾いてみる。葉はふるふる顫えるだけだ。もう疲れました、とでもいうように。

初出：「サンデー毎日」2002年6月16日号。『永遠の不服従のために』所収

カンゾウ

わたくしは何に見いっていたのだろう／わたくしは何に見いられていたのだろう／わたくしの暗さのなかに／花びらの色の泳ぎいるあざやかさ／この世の明るさのそとに／花びらの色の流れさるけうとさ（『宗左近詩集』「花のいろは」から）

友の身があの世へとまかり去ったからと聞いて、軽く気息を乱すこともまれにはあるにせよ、とてもすぐさま駆けつけるような男ではなくなっている私が、今度ばかりは葬儀に参列しようとためらいもせずに思いたったのは、白状すれば、その場所がまだ見ぬ佐渡であったことと、この上なくやかましいサッカー騒ぎから逃れることができるかもしれないとあてこんだからだった。それに、サッカー騒ぎの以前から引きつづいている、愚かしい政治のからむ風景と言葉から、つかの間でも抜けだしたかったということもある。佐渡行きは、だから、人の死をどこかで侮《あなど》る罰あたりの旅でもあったのだ。

両津でフェリーを降りたらすぐにもタクシーを飛ばさなくてはならないのにレンタカーを借りたのも、遠い式場に至る前に道草したいという不謹慎な下心からだった。北小浦、弾崎灯台と車を走らせていくうちに、幾度も途中下車し、友の死を何度も忘れた。丹念に息吹きかけては絹布で一万回も磨きぬいたような胆礬色《たんばいろ》の空がそうさせるのだった。視線を下げていくと、胆礬の青と海のはたてが霞んで接するあわいの色の帯があり、すぐその下にジェイ・ブルーの海原が広がっているから、宙を見上げては眼が青み、海を見ては眼底までが青んでいくのである。家々の庭前には、アヤメの紫、クレマチスの赤、デージーの白があり、まれにはゼラニウムの緋紅色も眼《まな》かいをよぎる。いまはどこに赴く途次にあるのか、しっかりとおのれにいい聞かせなければならないほど、色という色にただ陶然とするばかりだった。

どこまで行っても獣めく磯の香りはするけれど、人影はまばらだ。弛んだ電線、赤ん坊の泣き声、廃校のブランコ、黒い瓦の照り返し、道を渡る老婆の咳、板戸のきしみ、火の見櫓の沈思黙考、遠くの犬の吠え声、陽炎、小鳥のさえずり、草いきれ、底知れない静寂……。たかだかそれだけのことが、まるで生まれてはじめて見聞きするものでもあるかのように、いちいちとても大事に思われるのはなぜなのだろう。風景はどこまでもまどかなのに、その底にすごみのようなもの、ドスの利いた野太い声のようなものを潜ませているのはなぜなのか。語ろうとして語りえない存在。表現されることを疎《うと》むような日常。意味化を拒む天象。これらに較べれば、半日前まで私が語り紡いでいた言葉など嘘のきわみ、かいなでの死文ではないか。どだい、政治のなにが重要というのか。あれらの言葉の愚弄。空洞。あれらの言葉の死。ほら、そこの軒下に干してある黄ばんだおしめほどの意味すらありはしない。

にしても、ものみな晒し、晒しつくし、晒しぬいてくるこの光の束のつよさはどうだ。亡き友はいま、たぶん天翔《あまが》けている。両手をいっぱいに広げてあの目映い空を口笛吹き吹き飛んでいる。そこから、下界の私を笑って見そなわしている。自死も病死も関係はない。大切なのはあの目くるめく光の束に晒されて、射ぬかれて、光る海の中空を飛ぶ恍惚なのだ。光の心意をようやく感じつつ、びゅんびゅんと天翔けて、どこまでも天翔けて、やがて消えいることの恍惚にこそ、いま生きてある者たちの無意識の目的はある。身を観ずれば水の泡、消えぬる後は人もなし――かどうなのか、いずれはわかる。わからなくてもいい。

二ツ亀というところでまた車を降り、「賽の河原」の標識のある砂利の汀でお地蔵に手を合わせ、再び車を走らせたころには葬儀がすでにはじまっていたかもしれない。気がせかないでもなかったが、大野亀のあたりにさしかかったときに、眼の端を黄みの勝るオレンジ色の点がかすめ、その暖色が徐々に広がり、やがてそれが花の群生だと心づいてからはもう矢も楯もたまらず、咲き乱れる崖のほうに向かっていた。話には聞いたことがある。あれが佐渡独特のユリ科の多年草、カンゾウのお花畑だ。海はいつの間にかピーコック・ブルーに色を変えていた。その海にせりだした崖いっぱいに、黄みの勝るオレンジ色、いや赤みを帯びた黄色の花が隙間もないほど咲き乱れ、色の滴を海面にしたたり落とすようにしている。色の分類ではカンゾウ色はマリーゴールドといっしょにされているようだが、私が眼にしたのはカドミウム・オレンジのような色をふくんでいた。後で調べたら、カンゾウ色とは服喪の色ともいわれているらしい。その色に気を呑まれながら、礼服が染まるほど花の群れを漕いで歩いた。遅刻のいいわけめくけれども、これも死んだ友の導きのように思われてしかたがなかった。

やっとのことで式場に着いたら、人々はすでに荼毘所のほうに移動していた。そこでは、焼かれる肉と骨のにおいとそれに抗う線香のにおいが激しく交差して、磯の香りをしめだしていた。存外なことには、数年ぶりで会った亡友の妻が、これはまた爽やかといってもいいような顔をして声をかけてくる。「いっしょに骨拾いをしてくれます?」。いっしょに七並べをしましょうといった調子の軽やかなその声が、荒亡の果てに佐渡に引きこんだ彼の、不意といえば不意、予期したとおりといえばそうでもある死に様には、なんだかとてもふさわしいようにも思われたから、私はすこしも悪い気がしなかった。火葬係の屈強な中年男が深い沼のような眼の色をして私たちを覗き見ていたようだ。骨はシューシューと湯気か煙のようなものをあげていた。鈍器みたいな大腿骨がまだ生焼けなのかもしれない。私はそうしたところでなにかわかるわけでもないのに、頸椎のあたりに異常はないかそっと盗み見るようにした。「喉仏って、私が取るんでしたっけ」とつぶやいた夫人が、どんな薬物を服したらそうなるのか薄紫に変色したその骨を、箸の先からコロリと肋骨と肋骨の間に取り落とした。語ろうとして語りえぬ哀しみを囲んでいたであろうその肋骨たちはといえば、気のせいかカンゾウ色に染まっているように見えた。

夜、佐渡の濃い闇のなかでしたたかに酒を飲んだ。酔って海のきわを歩く。カンゾウの花びらの色が闇に線を曳いてしきりに流れていく。それを闇に見ているのか、じっさいには黒い海面に見ているのか、いや、ただ眼うらに幻を見ているだけなのか、私にはわからなくなる。次から次へとカンゾウの花びらが闇を走っていく。散っていく。

初出：「サンデー毎日」２００２年７月14日号。『永遠の不服従のために』所収

仏桑華

樹の中では血は立ったまま眠っている（『寺山修司詩集』「事物のフォークロア」から）

一昨年だったろうか、沖縄土産だというベージュ色の小さな木の枝をもらった。というより、あれはなんの愛嬌もないただの「棒」にすぎなかったな、といま思う。木肌はいやに乾いていたし、葉も根もなく擂《す》り粉木《こぎ》か乳棒のようにペロリとしていたから、大事に育てればやがて立派な仏桑華《ぶっそうげ》の花が咲くと土産屋の言をそのまま伝えた贈り主にしても、それをうなずきうなずき聞いた私にしても、眼前の枝の行く末について、じつはなにかの確信やイメージがあったわけではなかったのだ。そもそも梢《こずえ》となるべきところと根方となるべきところのちがい、つまり天地さえよくわからずに、枝を牛乳瓶の水に挿して、ほどなく私はその存在も忘れた。

一昨年、時は一昨昨年よりも疾《はや》くすぎた。昨年は一昨年より時がもっと疾く消えた。ことし、時は昨年よりよほど疾く走りつつある。さながら銀色にきらめいてすぎさる魚群のように。一方、私は時とともに時に追いつく脚力を失い、心の蔕《へた》や芯のありようも、心臓の冠状溝あたりにくぐもり棲むいくつかの影も毒も、どうやら昔とさほど変わらず、さして変えられもせず、ますます時にとり残されて、かつ驚き、かつは諦め生きている。9・11にもアフガニスタンにもパレスチナにもずいぶん揺すぶられたけれども、それらにより私が変身したとでもいうとしたら、それはまっ赤な嘘だ。蔕も芯も影も毒も、なんのことはない、地球的大事からも私事からも哀しいほど影響を受けずに居すわっている。もしも私が一昨年のあの一本の棒であったとしたら、畢竟《ひっきょう》、いまもつまらぬそれでありつづけているのである。

さて、水に挿した棒はどうであったか、棒は。ほったらかしにしたまま私はあちこちを飛びまわっていたのだが、気がつくと、棒はいつの日か中国の故老の長い白鬚のような根を生やしていた。家を引っ越して南の窓辺にそれを置くようになってからは、棒の変容が急ピッチになった。凝固していた記憶が溶けて内部から一気に噴きだすように、次から次へと思いもかけない手品を見せはじめたのである。芽があんなにも固かった樹皮を内側から押し上げる。間もなく濃緑の葉が身を乗りだしてくる。それらは見る見る幹吹きとなり枝となって、さらに追いかけるように胴吹き、車枝、ふところ枝がでてくるころには、葉もそれなりに鬱蒼としてきて、もうまがえることもない仏桑華となってしまった。粗末な牛乳瓶を棲《す》み処《か》にしてさえこれだけのことをやってのけたのだから、その後、鉢に移してからは、もうあれよあれよである。からみ枝に下がり枝まででてくるほどによく茂り、初春にはついに固い蕾《つぼみ》がいくつか芽ぐんできた。そのころにはすでに棒の面影はかけらもない。

そうした生成のなりゆきは、いうまでもなく、9・11によってもアフガン空爆によっても、いささかも変更されず、また遅滞もしなかった。私はそこで極大と極小ということを考えた。棒の生成という極小の現象が、けなげなことには、極大の自爆テロや空爆によく抗しているように当初は感じたのだ。極小のほうがあまりにも粛々とことをなしえていたからである。その後も仏桑華を見ているうちに、私にとっての極大と極小の関係性は次第に逆転していき、ついには悩ましい疑念ともなっていった。ひょっとしたら、仏桑華の生成のほうが極大の天象なのであり、WTCビルの崩落も空爆もこれに較べれば、極小の現象なのではないかという、それは事物のサイズと本質がかかわる悩乱でもあった。金粉をまぶした花柱をいやらしいほど突きだしたあの紅の花が咲くにおよんで、錯乱はさらに高じていった。なぜなら、眠れぬ夜半の暗がりにぼうっと浮かぶ仏桑華の花を見れば、宇宙の果てで赤い光芒を広げている干潟《ひがた》星雲M8や、幾千光年もの向こうで巨大な星が死を迎えてひき起こす大爆発の炎のようにも思えてくるからである。

一本の棒の驚くべき生成と変化はまた、ある種の当為めくなにかを最初、私に突きつけてもきたのだった。つまり、記憶、沈黙、陰徳、生死一如《しょうじ》、静謐《せいひつ》、粛然、成長……といった学ぶべき樹木の居ずまいについてである。かくありたいものだという、わかりやすい擬人化。それにある種の奇跡崇拝のようなものもあった。仏桑華にほどこした土にも水にも、赤や緑や金粉を生成する成分などなにもなさそうなのに、爆弾で破砕された人間の肉片のように赤いあの花弁はどうだ、あの豪華な花柱はどうだといちいち舌を巻かざるをえないような奇跡はたしかにある。しかし、だからどうしたというのだ、といまはややひねくれて開き直る自分がいる。伐《き》っても伐っても枝は生えてくる。その枝を瓶に挿しておくだけで花まで咲かす。あの棒は、初春から夏の盛りのいままで、あろうことか、とぎれることなく花を咲かせつづけている。まるで制御装置の壊れた機械のように、飽きもせず毎日ポコンポコンと大輪の花をこしらえている。惜しみなくというより、もはやこれは過剰なのだ。ありていにいえば、陰徳なんかない。慎ましさもない。秘めたる美などというものではとうていない。あるのは際限のない生命力である。放恣なエネルギーであり、抑えても抑えても突きあげてくる欲望のようななにかなのだ。せんずるところ、植物が戦争の対抗価値だなんてことはありえないとさえ思えてくる。植物もまた力を蕩尽するまで戦いつづけているのである。

ある夜、寝床で考えた。ポール・エリュアールが薔薇のことを「親殺しさながらの薔薇が」（「花と果実の紋章」山崎栄治訳）とうたったあの伝で仏桑華をうたうとしたら、どうなるであろうか、と。「冥府めぐりの仏桑華」はどうか。あれを「後生花」と呼び、死後の幸せを念じて墓地に植える習慣もこの国の南のどこかにはあるというし。あるいは、賢治ふうになるけれども、「業の花」ではどうか。咲きたくなくても仏桑華は咲いてしまうのだ。

昨日も、きょうも、明日も。寝床からそれを眺めている私は、いまも一本の棒である。いくら望んだとて、いかなる生成も変化もしない棒でありつづけている。

で、その棒は聞いた。いずれも夜更けに、もう三回も耳にした。仏桑華の花が闇に落ちる音。ぼとりと床に落花する、聞こえるか聞こえないかの響き。なのに一回だけ、それが耳を劈《つんざ》く着弾音のように思われて、たまらず寝床から半身を起こしたことがある。あとの二回の落花は、肉でも落ちたような重く鈍い音がした。やっかいな人の躰の音だった。

棒の贈り主は以上のことどもを見ても聞いてもいない。だから、これはちょっとした経過報告である。

初出：「サンデー毎日」２００２年7月28日号。『永遠の不服従のために』所収

語ること

語りを貫いて流れ、それに、駆り立てられたような動きを与えるのは、ひとつの無秩序の全体であって、その動きがその無秩序を永遠の執行猶予の状態に保つ。
(ロラン・バルト『零度の文学』から　森本和夫訳　現代思潮社)

人と話していると、こちらの意識に思わぬ隙間《すきま》ができて、そこを冷たい風が吹き抜けていくようなことがまれにある。いや、まれにではなく、このところしばしば起きている。意識が割れる。これはいったいどうしたことだろうと思う間もなく、言葉が、安っぽいガラス片か品のない色のついたアクリルのチップスのように、あるいは大小のごみのように、意識のなかで乱雑に舞い散らばる。それが眼に見えるように感じられるのだから、とてもではないが、いたたまれない。暗い宇宙にただひとり取り残されて漂っているような孤独感にとらわれてしまう。意識が破裂した状態のまま、まったくの無音状態が訪れ、数秒か数分間の失語症におちいる。総じて、多く語りすぎるとこうなるのだ。多く語りすぎると、バルトのいう「言葉の損耗《そんもう》」が起きるのかもしれない。だが、それは、おそらくはいいわけであって、あまりいいたくはないけれども、じつのところ私は老いたのではないかとも内心思っている。老い。とくに意識の老い。これがやっかいだ。先日も私より二十歳も若い評論家と話していて、いくたびか失語症になりそうになった。私たちは日本語という共通言語で話したのだ。彼はがいして「正しいこと」をいう男である。いや、正しいことをいうどころか、正しいことばかりいう人だ。私はその正しさを漠然と支持している。さらに、その正しさのなかの、一、二のことについては、本気で支持している。にもかかわらず、私の大脳皮質の一定部位には電波障害のような不具合が一再ならず生じ、意識はぱくりと割れて、その割れ目から薄い毒汁みたいなものが漏れでてくるのを禁じることができなかったのである。共通言語を、大いに近いとはいわないまでも、かならずしも絶望的に遠いわけでもない価値体系のなかで話しているのに、意識はなぜ割れるのか。ふり返ってみると、使用単語は同一でも、それにもたせている語感と重量のちがいというのがあるのかもしれない。たとえば、国家。たとえば、権力。たとえば、自由。それらについて、私はいったん言葉を呑みこんで、私の薄汚い臓腑のなかをしばらくへめぐらせてから表現したいと思う。潰瘍《かいよう》だらけの胃壁の闇に「国家」や「権力」という言葉をこすりつけ、胃液や胆汁にたっぷり漬けこんでから、語り直したいと願うのだ。私にとって、国家や権力は内面の深奥にある問題であり、どうあっても人間の身体がかかわるからである。一方彼はそれらをあくまでも整然と話そうとする。あたかも身体の外部にのみあるもののごとく。いまは悪い国家、悪い権力なのだけれども、努力して手を加えれば、いつの日か適正なありようが実現できるかもしれないもののごとくに。世界には善い人と悪い人がいて、善い人が多くなれば世の中はずいぶん良くなるごとくに語る。聴きながら、私の意識は割れたまま、ひひひひと笑っている。悪い人、悪い国家を内面に宿した者として、私は声にせず笑う。せせら笑う。おい、俺は骨をごりごりこすりつけるようにして話したいんだよ。俺は汚い肝《きも》をでろんでろん絡ませるようにして語りたいんだよ。首から上でへらへら話すんじゃないんだよ。音にせず、そう口ごもっている。その文脈で、右翼の脅迫から身を守るのに官憲の警備を恃《たの》むかどうかという切迫したドリルを考える。彼には恃むのが論理的に可能だろうな、と思う。私にはそれが非論理的に不可能なのである。逃げる。逃げられないなら、ど突きあうしかない。ど突きあう。この言葉を何気なく胸に浮かべて、口の端で苦笑する。ああ、古いな、年だなと。眼前の若い男の心の辞書には、ど突きあうだなんて、言葉としても実感としてもないのかもしれないなと想像する。若いころ、私は人は見かけによらないと思っていた。いま、人は見かけによると思う。見かけと見かけを裏切る内面とでは、おおむね見かけが勝る。見かけを裏切る人間が少なくなったのかもしれない。正義をどれほど語ろうが、どこか狡《ずる》そうな眼の色、衒《てら》い、上昇願望は見かけから容易に消せるものではない。ふと、私は亡くなった作家の古山高麗雄《こまお》さんを思い出した。私より二十四歳も年上のその作家とずいぶん前に対談したことがある。思想信条でいえば、古山さんと私はひどく異なるのだが、心の平仄《ひょうそく》のようなものは、老練な作家がこちらに合わせてくれたのであろうか、妙に合った。表面的思想信条からいえば、私と眼前の評論家はそんなに大きなちがいはないのだろうけれども、精神の生理のようなものは、当然彼も感じているだろうが、別の生物種のように異なる気がする。この男とその信奉者が政権をとったら、というのはあまり面白い冗談ではない。だが、もしそうなったら、そして正しい政策を打ちだしたら、私は結局のところいつか摘発されそうな気がするのだ。「私は下降願望がつよくなりまして、落ちぶれるのがいちばんいいんだと考えるようになったんです。女と親しくするなら娼婦がいちばんいいし、社会では下積みがいちばんいい、と」。七十をとうにすぎていたのに、古山さんはそんなことをいった。だからどうしたと問われれば、どうということはないと答えるほかない。でも、われ知らず堕ちることの魔力、そして、他者にせよわれにせよ、人間の正しさや美点よりも、瑕疵《かし》にこそ世界を考えるヒントがあることを古山さんの語りは教えてくれた。古山さんはいま生きてあっても、有事法制に反対はしなかったのではないかと思う。その点、私は古山さんとまったく相容れない。なのに、古山さんと話しているとき、私の意識は割れなかった。言葉が舞い散らかることもなかった。なぜなのだろう、と思う。作品も人柄も古山さんは飄逸《ひょういつ》といわれたけれど、生身の彼からは、腹をくくった人の凄みというか油断ならない気配を私は感じていた。眼前の若い評論家からは言葉の佳味も凄みも感じない。深い闇をいいあてようとするのに光の側からのみ抽象するから、実感として納得するものはなく、はい、はい、そうですね、と意識の割れ目から低く応答するくらいしかできない。闇を撃つのは光じゃなくて、もっと濃い闇なんだよ。心はそうつぶやく。闇に分け入るか、闇に肉薄する言葉をもつことだ、と自分にいいきかせる。それは、口で多くを語ることではない。語ることは、先へ先へと運ばれる「泡のなかに支えられている」（バルト）にすぎないから、やはり、ひとり文として書きつづり、世界の裁きを受けたほうが潔いのだと思う。語りを減らし書くことを増やそう、と決心する。

初出：「サンデー毎日」2002年9月1日号。『いま、抗暴のときに』所収

あの声、あの眼

　あの声、ほぼ四半世紀も前のあの女性の叫びを忘れたことはない。それは胸のもっとも奥深くに突き刺さり、私はいまだにその痛みから完全には逃げおおせずにいる。タイ・カンボジア国境にあったカンボジア難民キャンプに取材に行ったときのことだ。キャンプといってもろくなシェルターもなく、激しい陽光とフライパンのように熱した大地に挟まれて、一万人を超す難民たちが飢え、疲れ、痩せこけ、病み、呻いていた。容体が重篤でも瀕死でも、医師がかけつけるわけでも救急車が来るわけでもない。人々は次々に死んでいった。とりわけ、子どもたちが多く亡くなった。テントのモルグ（死体置き場）は、当然、遺体で膨らみ、いまにもはち切れそうになる。すさまじい異臭ただようそこに、死体を運びこんだり、遺体を並べたり重ねたり消毒したりしている若い女性たちがいた。眼を疑るほど過酷な仕事であった。必死でそれにたずさわっていたのは、いずれもマスクをした若い白人のシスターたちだった。私はその献身的な仕事ぶりを記事にしようと彼女たちにカメラを向けた。

彼女たちのうちの一人がその行為を見とがめ、私の眼を見据えて「ノー！」と叫んだ。だれもがふり返るほどの裂帛《れっぱく》の叫びであった。いったいなにがＮＯなのか、わけはいわない。みだりに死者を撮影するなというのか、あらかじめ承認も得ずに彼女たちを撮るなというのか、わからない。わからないながらも、しかし、私にはよくわかった。これは根源的拒否のＮＯなのだ。あるいは根本的軽蔑のＮＯなのだ、と。他者の不幸をネタにお金を稼ぐ者への魂の底からの拒否、軽蔑――私はそのように感じとった。彼女の眼がそう語っていたからだ。ＮＯのひとことで私は品性をいいあてられた気がして、その場からそそくさと逃げ去ったものだ。以来、このＮＯの矢じりは胸に突き刺さったままである。

世界には凄絶な不幸がある。それを軽減しようと努めたり救済しようとしたりする、およそ私利私欲のない人々もいる。それらを報道しようという者もいる。この三者のなかで、私はいつも報道の側、表現する側にいたのだが、そのご都合主義、いいかげんさをしばしば気に病んできた。報道する側は世界中の不幸という不幸をわたり歩く。それらを丹念に報じることにより皆から称賛されることがある。つまり、不幸こそが、あろうことか、称揚のもととなるのだ。不幸は、幸か不幸か、ときとしてよく売れるのである。だから次第に、意識的にまたは無意識的に、称賛をねらって不幸を探し求めるようになる。開高健はそうした報道する側の心理を「ハイエナ・コンプレックス」と呼んだ。

活字メディアもそうだが、テレビには不幸探しのプロがとりわけ多くいる。戦争被害、人種差別、人身売買、薬害エイズ、身体障害……当事者にとって一生の問題にほんの一瞬同情し共感して、番組をこしらえ、視聴率に一喜一憂したり、表彰されたりしているうちに肝心かなめの当事者の不幸を忘れ、おのれの幸運に酔う。私はそのようなプロデューサーやディレクターといっしょに仕事をしたことがある。というより、私自身もそれに似た心根で取材し、ものを書いていたこともある。しかし、いいわけめくのだけれども、あのシスターの「ノー！」の叫びは心のなかから消えたことがない。あれは、不幸を絶対安全圏から表現するということの原罪にかかわることなのかもしれない。

数年前、路上生活者たちの面倒を十五年にもわたってみつづけている私と同年輩の方と知りあいになった。深い眼の色をしていた。善行をまったく誇示するということがなく、称賛には毫も関心を示さず、ひたすら淡々としていた。「取材」などというもっともらしい名目で、せいぜい長くたって数週間ほど現場を踏むのみで、作品が終わってしまえば、はい、さようならといった当方のあざとさとは大ちがいであった。不幸な風景に分け入っていき、みずからも傷つきつつ、その現場と何年も何年も格闘している人々は、この世には少なからずいる。その人々の顔を忘れぬようにしようと思う。

二〇〇一年の暮れ、テレビのクルーとアフガニスタンの空爆現場を取材した。首都カブールの郊外で、米軍の誤爆のショックのため精神に失調をきたした少年と会った。鼓膜は破れ、なにも嬉しくはないのに顔は笑っている。ケラケラと引きつったような笑い声を発しつづけている。だが、顔をのぞきこむと、眼の奥はなにも笑ってはおらず、着弾時の音と衝撃がそうさせたのであろう、瞳は恐怖で凍りついたままであった。さて、このことをどううまく文に綴ろうかと現場で思案しているときにも、不意に、シスターのあの「ノー!」の叫びがどこからか聞こえてきて、私は薄く赤面したことだ。

私はせめて、あの顔、あの声をいつまでも覚えておこうと思う。そして私のいる安全圏とあの顔、あの声のある場所との心の距離を徐々に縮めていきたいと願っている。そうしなければ、あの「ノー!」の叫びにこれからも幾度となく突き刺されることになるだろう。

初出:『NHK社会福祉セミナー』2002年10月―12月号。『抵抗論』所収

恥

まったく日本人って心が狭いわねえ。ケチよねえ。オチンコも魂もほんとにちっぽけなんだから。あっち、飢えてるってんでしょ。お米たくさん送ってあげりゃいいのよ、たくさん。昔さんざ悪いことしたんだからさ。朝鮮人のこと火箸《ひばし》とかスリッパでぶったりしたのよ。あんた、冬場に裸で立たせて水かけたりしたのよ。いま、忘れたふりしてさ。こっちは食いたいだけ食ってさ、ほら、こんなに肥えちゃってんだから。ははは……。

（先日酒を飲んだおでん屋の女将で、引き揚げ者だというお婆ちゃんの言葉から）

他国に対する経済制裁（サンクション）については、一般にとんでもない誤解がある。制裁を受けた国の指導者はかならずや悔い改め、制裁を発動した国に屈服してくるであろうという、単純であり、楽天的でもあり、かつ底意地わるくもある誤解である。サンクションを受けている国に一年以上暮らしたことがあるが、こうした誤解ほど腹立たしいものはない。民衆は困窮し、飢え、指導者は豪邸に住み、豪華な宴会を開き、なに不自由なく暮らしているのである。ニュース映像が証明している。人民が貧困に苦しむ国の指導者ほど腹がつきでているという事実を。つまり、サンクションは責任ある指導者ではなく、まったく罪のない民衆を直撃するということだ。そこで確実に育まれるのは制裁発動国に対する被制裁国民衆の軽蔑と不信感のみである。

かつて経済制裁下にあったハノイで聞いた。子どもに消しゴムを買ってやろうとしたのだが、どこにもなくて、三日間街をさがし歩き、やっと闇市で一個だけ入手できた、と。消しゴムをさがし歩いたその男親は、ずっと一日二食だった。消しゴムならまだいい。大人の空腹も場合によってはなんとかしのげる。だが、子どもの飢餓だけはどうにもならない。拙著『もの食う人びと』(角川文庫)取材の旅の途次に何度も眼にしたが、飢えた子どもたちの姿ほど経済発達国というものの非人間性を物語るものはない。飢えて食を求めて彷徨《さまよ》う子どもたちの群はまるで影絵の行進のようであった。横たわって小便を垂れ流し、ただ死を待つ彼ら彼女らは、あたかも何百年も前からの入定《にゅうじょう》ミイラのようでもある。修羅と聖なるもの。この相反する二つの意味を、老人とも仏像ともまがう面差しになった五歳児や六歳児が、無声のつぶやきとして語るのである。聖なるものは死にゆく子ら。子らを飢え死にさせる修羅も餓鬼道も、大人の側にある。すなわち、子どもたちを餓死させる責任は国家と政治にあり、同時に国家と政治を超え、私たちにある。

世界食糧計画（ＷＦＰ）のジェームズ・モリス事務局長が二〇〇二年十一月二十日、朝日新聞のインタビューに答えて、北朝鮮では各国からの食糧支援が不足しているため「来年にかけて四百万人の子どもが餓死する恐れもある」と述べたという（同日アサヒ・コム）。四百万人という絶句するほかない数字がどうはじきだされたかは不分明だが、モリス事務局長はこのインタビューに先立ち、北朝鮮を訪問し病院や孤児院などを視察したというから、まったく根拠のない数字でもないのであろう。当初、ＷＦＰは今年の北朝鮮への食糧支援計画を約六百四十万人を対象に計六十一万トンとしていたが、この間の北朝鮮をめぐる情勢変化からであろう、各国からの食糧は十一月までに半分しか届いていない。北朝鮮への食糧支援はもっぱら軍や国家幹部に回されているという疑念があるが、事務局長はこれにも答え「ＷＦＰ管理分は二重チェックしており、ほぼ確実に行き渡っている」と語った。「北朝鮮に着いた食糧は、支援国の名札をつけた袋に入れ各地域の拠点までＷＦＰの監視のもとに運ばれる。その後、各家庭や孤児院などをスタッフが訪問して実際に対象者が食べたかどうかチェックする」という。モリス氏はまた「北朝鮮に対する日本の複雑な立場は理解しているが、飢えた子どもらは政治とは無関係であり、日本のみなさんも一人の人間として考えて欲しい」と訴えたのだという。

拉致問題にからみ、われひとり「善政」を敢行せり、みたいな顔つきで連日善玉パフォーマンスに余念のない安倍晋三官房副長官が、平壌から帰国後、テレビ番組に出演して慇懃《いんぎん》かつ冷淡に語っていた。コメ支援など「検討すらしておりません」と。安倍氏はその理由として「北朝鮮の作況もわかりませんし、WFPのアピールもでておりません」と述べ、食糧援助を含めた経済援助は、国交正常化後であることを強調している。モリス事務局長の今回の発言はそのアピールにあたるものだが、日本政府は果たして本格支援に踏みきるかどうか。たぶん、簡単にはいくまい。拉致事件の実態が明らかになるにつれ、「北朝鮮を兵糧攻めにせよ」「コメは一粒たりとも送るべきではない」という声が、拉致議連とその周辺から聞こえてくるだけでなく世間一般にも広がるばかりだからだ。ここまでくると、食攻《じきぜめ》で拉致問題や核開発問題での妥協を引きだすという乾いた外交意識というより、陰湿で酷薄な民族差別さえ感じさせる。何万人もの子どもたちが餓死するかもしれないという想像を排除したこうした発言は、もはや北朝鮮政権への義憤を超えて、非人間的な域にまできているのではないか。

冒頭に引用した女将（というよりお婆ちゃん）の話は、こうした非人間性をなじっているのである。ほろ酔いかげんのお婆ちゃんは一見《いちげん》の客にすぎない私に、問わず語りに話しかけてきたのだった。彼女は、世間の北朝鮮バッシングの側にもこれを利用する国家意思の側にも立たずに、モリス事務局長のいう「一人の人間として」感じるところを表現したままでなのである。話は平易なようでいて、たくさんのことが詰まっている。歴史、記憶、差別、忘却、冷酷……。火箸でぶったり、水かけたりというのが、いつだれがどんな状況でなされたか、私は問いもしなかった。ただ、濁った酔いの底で、打擲《ちょうちゃく》や水かけといった遠い過去の闇から「いま」に向かい、怨みの風が無数の声をともなってひゅーひゅーと吹いてくるような心もちがしていた。その風の音を耳の奥に聞きつつ、あることを思い出した。七十にも八十にもなる在日コリアンのお婆ちゃんやお爺ちゃんが、金正日氏の拉致事件告白を受けて、近所の日本人の知りあいを一軒一軒訪ねては「申しわけないことをいたしました」「どうかお許しください」と、まるでわが罪でもあるかのように頭を垂れ、詫びてまわったという話。

なんの罪もないのにしきりに痛みいる者たち。相手が弱いと見るや、かさにかかって攻める者たち。人としての廉恥《れんち》とはいったいなにか。自民族優越主義者たちの無知と無恥のいかばかりかを、ここに知る。

初出：「サンデー毎日」２００２年12月８日号。『いま、抗暴のときに』所収

闇とアナムネーシス

灯を消ししたまゆら闇はわが顔を
死者のてのひら包むごと冷ゆ（鈴木幸輔『花酔』から）

雨の日、上野に散歩がてら「ウィンスロップ・コレクション」を観に行った。漠然とギュスターヴ・モローの作品をあてに歩き、「出現」だの「聖セバスティアヌスと天使」だのにむろんのこと眼を奪われはしたのだが、ああそう、たしかにこんな絵だったな、というくらいの記憶の確認のみに終わり、あとはあてどなく十九世紀英仏の彩りは豊かだけれどおおかたは退屈な絵画の森をさまよったのだった。絵のせいか館内の空気のせいか息苦しくなって、もう外へでようと決めたときに、場ちがいな油彩が眼の端に入り、吸い寄せられた。全体がスチール・グレイや黒茶で塗りつぶしたように真っ暗なのである。というより、その絵は壁に開いた黒い「穴」のように見えた。ジェイムズ・ホイッスラーの

「黒と金のノクターン＝チェルシーのはぎれの店」という絵であった。絵に顔を近づけてみると、店のファサードらしき窓やドアのような輪郭がキャンバスに朧《おぼろ》に浮かんでいる。ドアの前には、幼女か人形のようなものが白っぽい衣装で立っているようだ。といっても、そう思えばそうでもあるようだというほどのまったく不確かな朧影《おぼろかげ》なのだ。

まるで胎内めぐりの闇の途次にきたす錯視のような、不可思議な絵であった。じっと見入っていると、この絵がしきりに館内の光という光を吸いとっている心地がしてくる。これはやはり、どこかの無明の宙につながっている闇の穴のようだ。一八七〇年代、夜のテムズ河畔はこんなにも暗かったのかと想像してみる。そしてひとつ思い出す。ホイッスラーという画家はこれとはべつの「黒と金のノクターン＝落下する花火」という、やはりひどく暗い絵を批評家に酷評されて怒り、批評家を相手どって名誉毀損の訴えを起こしたのであった。勝つには勝ったものの訴訟費用の支払いでいったんは破産したという話をどこかで読んだことがある。闇を必死で守りぬいたということか。だが、そんなことはどうでもいい。絵の前に立ったときから、この切りとられた四角い闇に見覚えがあると私は感じていた。昔のにせよ今のにせよ、チェルシーの闇を私は見たことがない。闇の絵に眼玉を張りつけたまま、既視感がどこからくるのか朦朧《もうろう》とした記憶をなぞった。たぶん、冬のハルビンではないか。その昔、七三一部隊の跡地を取材したことがあった。夜、胸のむかつきをこらえつつ白い息を吐き吐きハルビンの街をうろつき歩いた。やりきれなかったのだ。ひょっとしたらこの絵はそのおりに眼の底に染みつけた闇の一部と引きあっているのではないだろうか。

絵の中央にあるファサードのような朦朧体。あれを眼が記憶している。窓の桟のような黒い線がいくつか見える。部屋にはうすぼんやりと明かりが灯っているようだ。窓ガラス越しに人が何人かいるようにも思える。作業台の布でも裁っているのであろうか。いやちがう。手術台の上の人体を裁っているように思えるのだ。それも、生きたままの人体を。いや、それは記憶のずれである。私はハルビンでこんな形の生体実験室など外側からにせよ見てはいない。おそらく記憶が入れちがってしまったのだろう。ことになって、私はある雑誌で元軍医A氏の講演要旨を読んだ。一九四二年ごろ多数の中国人に「生体手術演習」をした事実を告白し、それを深く反省した内容であった。しかし、A氏は七三一部隊所属ではない。たしか山西省の陸軍病院勤務であった。その手記の記憶とハルビンの記憶がずれて乱れて重なったのだろう。私はホイッスラーの絵にハルビンの闇と山西省における生体手術の幻影を二つながら重ねて見ていたわけだ。

講演要旨はいわゆる紋切り型の反省文ではなく、生々しい風景を立ち上げるのに十分な陰影とディテールがあった。読みつつ私は意表を突かれ、狼狽もした。「黒と金のノクターン＝チェルシーのはぎれの店」の絵の前に立ちつくし、まるで闇に隠れて解剖室のなかの恐ろしい出来事を窓越しにのぞき見るように、私は思いにふけったものだ。A氏にとってはじめての手術演習のとき、実験台となったのは二人の中国人男性の「生体」であった。一人は促されるまま手術台に臥したが、もう一人の農民ふうの人物は兵士が押しやっても押しやっても後ずさりをして、A氏のそばまできた。師団軍医部長、病院長らも立ち会っている。「意気地なし」といわれたくないと思い、A氏は両手で中国人の背中を手術台のほうに押しやったという。部隊軍医が「生体」に対し腰椎麻酔をほどこし、さらに全身麻酔に入ろうとした際、A氏は思わず「あっ、消毒は？」と声を発してしまったのだが、先任軍医から「どうせ殺すんだから」と笑い返された、と講演要旨にはあった。

病気でもない生きた人間の腹を三回も切開し、虫垂切除、腸管縫合、四肢切断、気管切開……と外科軍医らは中国人を切り刻んだ。A氏はそのとき介助役だったが、「興味にかられて」右前腕切除を「練習した」という。一人は絶命し、もう一人はまだ最期の呼吸をしていたが、A氏がクロールエチール液を静脈に注射すると呼吸がとまった。A氏はこうして前後六回にわたり十人の中国人の手術演習に「はじめは恐る恐る、二回目は大胆に、三回目からはみずから進んで」関与したのだという。「生体」の腹に拳銃弾を撃ちこんでから麻酔も酸素呼吸も強心剤も使わずに弾丸摘出の手術演習をして、悶絶のうちに死亡させたこともあった。A氏は「北支にあるすべての軍病院で『手術演習』が実施されていたことを知った。関与した軍医、衛生兵、看護婦はおそらく数千人にのぼることだろう。だが、多くがこの事実を語ろうとはしない」と述べている。なぜか、と彼は問う。恥じてか、怖れてか。否、と前置きして彼は自答する。「意外とおもわれるだろうが、忘れて思い出せないのである」。まったく悩まずに実行したために罪を犯したという意識が薄い。だから忘却する。そのくだりが私の胸に刺さった。A氏は敗戦後、中国の捕虜収容所でやっと犯行を思い出し、「生体手術演習」で殺した中国人の母親の手紙を読まされたのをきっかけに過去を深く反省しはじめたのだと語っている。

闇の絵はまだ眼前にあった。中央の暗い窓ガラスのなかではいったいなにが蠢蠢《うごうご》となされているのだろう。十九世紀の闇がハルビンと山西省の闇を結び、いまに流れこみ、記憶の再生を誘う。忘却を怒る。アナムネーシス（想起）を無言で呼びかける。

初出：「サンデー毎日」２００２年12月22日号。『いま、抗暴のときに』所収

魚と思想

見えぬものたち　寒さに根ざし／この光へと伸び。／その光はみずから照射するもの／すべてのなかへ／消えゆく。終わるものなし。
（ポール・オースター詩集『消失』「眼の自叙伝」から　飯野友幸訳　思潮社）

しばらく前、言葉あたりした。五十八年も同じ母語を話し聞いて生きているのだから、まれにはそんなようなことがあっても、思えば少しも不思議ではない。言葉あたり。使用言語に食傷すること。わが身を囲む言語圏にうんざりすること。言葉を口にするはしから吐き気がしてくること。これから放たれるはずの、しかしまだ音声化されていない未発の言葉にさえ、おろかしい語感を予感してげんなりすること。高じると失語症になるか、前頭葉がいくら抑止しようとしても口が自動的にしゃべることをやめない悩乱の主となり、大声で間断なく卑猥なことなど私語しつつ寒天の街を疲れてうち倒れるまでさまよい歩くような仕儀となる。なぜにこのようなことになるかというと、故渋沢孝輔によるならば、「犯され　犯された言葉の聖域／あるいはこころの聖域／そこを吹くのはいまは文字通り痴呆の風／最も軟らかいところ　最も恥ずかしいところが／無惨に摑みだされ干上ってしまっている」（『行き方知れず抄』「非詩一篇――狂信忌むべく恐るべし」）からなのである。重篤になる前にどうにかしなければ、とこのたびは考えた。

ある朝、寝床で天啓があった。「魚を飼うべし。魚は無声の、光り泳ぐ言葉である」。その日のうちに学名タニクシス・アルボナベス、通称コッピーという体長一センチ足らずの魚を二匹、瓶ごと買った。天啓というにはいささかチープで、千三百円。ジャム瓶のような蓋つきの、じつに小さな容器の水のなかで泳いでいるのである。鰭《ひれ》が赤く、体がこころもち大きなのをジョンと、やや小さく体の色が薄いのをイザベラとそれぞれ命名した。前者はマルコヴィッチを、後者はロッセリーニを意識しはしたのだが、なに、たんなる思いつきだ。二匹はガラスの破片のように銀色に煌《きら》めき煌めき、この世の最小の宇宙を飽かず泳ぐのであった。眼のよくない私は瓶に顔を寄せて、彼らをルーペで見るのである。すると、ややつきでた彼らの眼は、こちらに向かって泳いでくるとき、かそけき発光体のようにオパール・グリーン色に妖しく光るのだった。あえかなその色と光は、たまゆら胸をかすめるときそのことの尊さにはっと心づき、胸を去ればすぐに忘れる、だからこそ大事な言葉の証《あかし》のようにも思われた。ジョンとイザベラは斜交《はすか》いに、垂直に、水平に、あるいは円くあるいは蛇行し、まちがっても壁にうち当たることなく、この極小の世界を勝手気儘に泳いだ。ジョンとイザベラたちのほうが、思弁的で自照的で自由であるように見えた。じっと覗いていると、ガラス容器のなかのほうが極大で、その外の私の属する言語圏は極小の異界ではないかと思えてきたりする。故渋沢は前掲の詩でこの世を「醜悪きわまる歪曲　暴慢な錯誤」と低く罵りもした。魚を覗きこむ私の背後に、それらの言葉はある。私はそれらに包囲されている。醜悪、暴慢な言葉の軍隊が背中に覆いかぶさってくる。私の背後のテレビで、ヤメ検弁護士がしたり顔でしゃべくっている。画期的な判決ですね。物証が乏しくても状況証拠と消去法で犯行を特定できるということを示しましたね。この死刑判決は、被告側が黙秘権を行使しても無効なのだということをはっきり教えていますね……とかなんとか。死刑判決にこの国はわきかえった。公判開始前、リポーターが毒入りカレー被害者に問う。やはり極刑を望みますか？　被害者が答える。ええ、死刑にしてほしいです。被告人の写真を大きくあしらったボードを背後に、特設スタジオのキャスターや記者が十年に一度の祝祭のように色めきたっている。この春、有事法案を閣議決定したときの少なくも千倍は騒ぎまくる。シケイニセヨ、シケイニセヨ、ゼッタイニシケイニセヨと国中が騒ぐ。判決の瞬間、被告人は薄ら笑いを浮かべ、反省の色もなく……とマイクを手に若い記者がわめく。画面が突然、ストックホルムの映像に切り替わり、笑顔の女性リポーターが、田中さんは問題の晩餐会のダンスには参加しませんでした、と報告する。風邪薬のコマーシャルが入ってから、また特設スタジオ。罪の重さを思えば、妥当な判決といえるのではないでしょうか、と解説員。トイレに立つ間に、テレビには女性の拉致被害者が映っている。全国からきた励ましの手紙に礼状をしたためているというシーン。チャネルを替えるとサラ金と痔の薬の広告である。終わって、またも明らかになった北朝鮮驚愕の犯罪……とやらの特集番組だ。

ここで語られる言葉はジャンクフードそのものである。言葉あたりしないほうがおかしい。毒入りカレー事件公判、ノーベル賞授賞式後の晩餐会、拉致被害者動静、北朝鮮恐怖の内幕は、それぞれ異なった質のものに見えても、供給され消費される情報商品としては同じく卑賤な心に合わせた紛《まが》いのなにかなのであり、表現のすべてが、シモーヌ・ヴェイユふうにいえば、ほぼ例外なく「低い動機」に発している。しかし、彼女のいうとおり、「低い動機には、高い動機よりも多くのエネルギーが含まれている」(『重力と恩寵』)からやっかいだ。思うに、これらの言語圏には同じ言葉では逆らわないことだ。言葉に黒い鬆《す》を生じさせるおぞましいメディア菌にわれ知らず感染してしまうからである。できるならばメディアを捨て、その言語圏から脱出して、せいぜい魚の泳ぎでも観察することだ。学名タニクシス・アルボナベス、通称コッピーの煌めく泳ぎに、眼を洗われるにしくはない。

私のジョンとイザベラはじつに偉大である。最初は小さなガラス容器のなかでジョンがイザベラを苛め、終日突っつき回していたのである。が、それだけで私は感激したものだった。微小な、とるに足りないこの二つの実在にだって、嫌う、嫌われるという関係性が生じ、この世から切りとられた極小の水の世界で、嫌い、嫌われる関係性をしきりに表現してやまなかったからである。そして、ジョンとイザベラの関係はこのところ大きく変化しつつある。ペット屋のオサダさんにいわせれば「奇跡的」なそうだが、その仲が信じられないほど好転したのだ。彼と彼女は、いまはまるでシンクロナイズド・スイミングのペアの演技者そのものである。寄り添って泳ぎ、同じタイミングでともにターンし、急上昇し、急降下し、ともに水面をたゆたっている。二筋の細い銀の線がきらきらと平行に水を切っていく。限りないその無意味が美しい。

初出：「サンデー毎日」２００２年12月29日号。『いま、抗暴のときに』所収

金属片

戦争ハ国家ノ救済法デアル
（ドス・パソス「ランドルフ・ボーン」から　並河亮訳『新・ちくま文学の森　たたかいの記録』所収）

私ひとりのこととしては、羞じどころかそこはかとない頽廃の臭いさえ嗅ぐこともあった。大勢の人を前に一段高いところからひとしきりなにごとか偉そうに話す自分に、だ。旧年はそれが堪えがたいほど多くつづき、私は聴衆に向かって声張りあげては内心「なんてこった」と声なくおのれを呪い、回を重ねるごとに厚顔の度を増す一方で、少しは静かにまっとうに生きたいという私なりの気組みがいやな音をたてて崩れていくのを感じていた。聴衆が私の話に昂揚しはじめれば、私は彼らの高ぶる心の波をさらに高ぶらせようと案をめぐらし、それが奏功したりすると怪しげな快感のようなものすら覚え、内心かえってぞっとしたこともある。私は自分が年来もっとも軽蔑していた口舌の徒になりさがっていた。それでも人前で話すことをやめなかったのは、いいわけめくけれども、古くから胸底にこびりついていた二つの沈黙の言葉が異常に発酵して体内に充満し私をいらだたせたからでもある。「戦争ハ国家ノ救済法デアル」。「そして敵は、依然として勝ちつづけているのだ」。ドス・パソス描くボーンの言葉と後者のベンヤミンの言葉（「歴史哲学テーゼ」）が言葉の森の全景から離れ、おそらくあまりに離れすぎたためであろう、思想というより黒い怒りの情緒となって私のなかをかけめぐっていた。「戦争ハ国家ノ救済法デアル」。「そして敵は、依然として勝ちつづけているのだ」。敵が圧勝につぐ圧勝をしているいま、蟷《とう》螂《ろう》の斧などというほど立派なことではさらさらないのだが、せめて意味の戦争における一人の言葉の兵士としてこの未曾有の敗戦にあらがい、戦いつづけていたかったということもあり、よせばいいのに人前で話すという偽善を私は自身に許したのだった。

ある時点から私は小道具を使いはじめた。米軍空爆下のアフガニスタンからひそかにもちかえったクラスター爆弾の破片である。クラスター爆弾とは、魚雷のような形の筒に、缶ビールほどの大きさの子爆弾が数百個詰められており、爆撃機から投下されると、あらかじめ設定された高度で筒が開き子爆弾が爆発して無数の鉄片が広範囲に飛散する無差別性の爆弾である。大型のクラスター爆弾だと、半径数百メートル内の人々を直撃するので、アフガンではアルカイダやタリバン兵だけでなく多数の農民ら非戦闘員が殺傷されている。

私がもちかえったのは、カブール郊外の果樹園上空で爆発した爆弾の細長い金属片で、一部は熱で飴のように溶け曲がっている。爆弾というもののマチエールというか触感を私は説明したかったのだ。戦争が抽象化され血抜きされて語られることに対し、どこまでも冷たい死の質感でもって反駁したかった。「破片に触ってみてください。それが体にぶすぶすと突き刺さるのです。臓腑や骨にその破片が食いこむと、かりに手術できる条件があっても、いっかな摘出できるものではありません。摘出不可能な引っかかりが施されているからです」と私はしたり顔で説明する。いいつつ、鳩尾《みぞおち》のあたりからなにやら酸っぱい水がわいてきて、しきりに気が差すのである。あの水はなんなのだろうと何度も考えたけれど、わからない。羞じと罪と悔恨の混じった液のようではある。ただの物書きがいったいなんてことをやってるんだ、という声も自身のなかにあったが、正確なところはやはりわからない。

聴衆は一様に神妙な面持ちとなり、金属片をなでさすっては隣へさらに隣へとリレーしていく。「コソボで、アフガンで、それはたくさんの人を殺傷しました。まちがいなく、次はイラクの人たちを殺し傷つけるはずです」と私はいう。ときにはその声の質に眩暈や吐き気を覚えるほどのいかがわしさを感じつつ。聴衆のなかには瞑目し気息をとめて、金属片を自分の額や喉に押しつけてみる人もいる。その疑りのない「善」に私の悪は打ちのめされ激しく狼狽し、「すみませんでした」と一声叫んで会場から逃げだしたくなることもあった。だいいち、この風景はおかしいとわれながら思うのである。まるでカルト教団の怪しげなイニシエーションのようではないか。「百万言費やしても私にはこの爆弾の破片の質感を正しく伝えることができません。だから触ってもらっているんです」などと利いた風なことも私はいう。だが、心の古層では〈小道具はだめ、実物もだめ、映像もだめ、世界はひたすら言葉で表すべし〉とかたく信じている。だから羞じる。私は私へのルール違反をつづけたのだった。それをぎりぎりで正当化させてきたのは「戦争ハ国家ノ救済法デアル」と「そして敵は、依然として勝ちつづけているのだ」という二つの異なったアフォリズムだったが、いま思うにそれも疑わしい。私はよく書けないから、よしなしごとを話していたのではないか。私ごときが人前で賢しらをいうのは書けなくなっている証拠ではないか。

結局はそこに想到したまさにそのころ、かわいたアフガンの大地であれほど白銀色に光り輝いていた金属片はたくさんの人びとの手の汗や脂にまみれて茶色に錆びてきていた。それらはあたかも人の血を吸ったようでもあり、人体の奥深くから剔抉《てっけつ》したもののようにも見え、もちかえった当初よりよほど凄みを増していた。そうしたら、これらの破片がとても貴重なもののように受けとられたからかしらん、持ち主である私に返さずに失敬して帰る人がでてきた。このため、もともと十個ほどあったクラスター爆弾の破片はいま手許に二個しかない。私は講演主催者にむっとした顔をしてみせたけれども、内心はそうでもなかったのだ。もちさられたのは、一会場につき一個の破片なのである。だれかが慎ましく失敬していったのだ。あんなもの売れるわけもない。ここから先は想像だが、金属片を失敬していった彼らか彼女らは「これがね、人の体にぶすぶすと突き刺さるのですよ。イラクでもこのクラスター爆弾がかならず使われます。爆弾の下には壊れやすい人の身体があるのです」などとだれかに得々として説明しているかもしれない。それはとてもよいことだ。なにより私にとっては、責任というより偽善が分散されたようにも思えるし。私の金属片はあと二個。無数の破片が絹地で磨いたように青いアフガンの空を銀色に覆う情景を私はぼうぼうと思い描く。その光景はいずれイラクで再現され、ひょっとしたら北朝鮮の空と大地でも地獄絵が描かれるかもしれない。戦争は国家の救済法であり、そして敵は依然として勝ちつづけているという現実を、私は小道具によらず、この慎みのない口にもよらず、もっともっと深く考えつづけなければならない。

初出：「サンデー毎日」2003年1月19日号。『いま、抗暴のときに』所収

キンタマ

アボジ／キンタマは／ニンゲンの　チュウシンか？
（李芳世《リパンセ》詩集『こどもになったハンメ（祖母）』「チュウシン」、遊タイム出版刊）

笑った。転げ回って笑った。詩人の李芳世さんは「それでは自作の詩を朗読します」と前置きした後、直立不動の姿勢で一回声づくりし、とても神妙な面もちで右の詩行を朗誦したのだった。二〇〇二年度「三越左千夫　少年詩賞」の特別賞を受賞した詩集に「チュウシン」と題されて収録されているのだが、この短いワン・センテンスが詩の全文である。一九四九年神戸生まれの詩人はまず、実存のすべてをかけるように、万感こめて、重くかつ朗々と「アボジ（お父さん）……」と呼びかけたのである。その一瞬、酔いが引いた。ソファーにだらしなく背をあずけていた私はきちんと座り直し膝をそろえた。そして、困ったな、参ったな、と思った。もともと詩の朗読というのを私は好かない。なぜだか生理的に拒んでしまう。何年か前、笠井嗣夫の『声の在り処——反＝朗読論の試み』（虚数情報資料室）を読んでからますます朗読が嫌いになった。一九三〇年代の後半から四〇年代前半にかけて、日本の詩人たちはたくさんの戦争詩を朗読した。たとえば、四一年十二月二十四日、太平洋戦争開戦を受けて「文学者愛国大会」が東京で開かれたとき、高村光太郎は昂揚のあまり涙を流して自作詩を読み上げた。「わづかにわれら明津御神《あきつみかみ》の御稜威《みいつ》により、／東亜の先端に位して／代々幾千年の錬磨を経たり。／わが力いま彼等の力を撃つ。／必勝の軍なり。／必死必殺の剣なり」（「彼等を撃つ」から）。室生犀星は「宮城の広場に／砂利の上に　みんなは外套を脱ぎ／帽子を置き／一列にならび／森として頭を垂れた／（中略）／臣のこころ／臣のいのち／臣の息づかひは／かくてあたたかに結ばれた」（「臣らの歌」）とうたった。文学者らは閉会後、日の丸の旗を先頭に皇居まで四列縦隊で行進し、二重橋前では岸田国士の音頭で「万歳」を三唱して散会したという（櫻本富雄『空白と責任』未來社などによる）。室生らの詩は山村聡たちの朗読でＮＨＫにより全国に放送されたりした。むろん、それらを私は聴いたことがない。不思議なことに、しかし、声が耳の奥に残っている。濡れた荒縄のように胸を締めつけてくるその声は、戦中と戦後をつなぐ暗渠を伝って、人知れず「いまの声」の溜《た》まりに流れこみ、「いまの声」の質に、とりわけて昨今は少なからぬ影響をあたえている。この国の詩人はそのことを忘れて詩を叫んだり唱えたりしてはならない。そう思ってきた。つまり、文はすべからく「朗讀せられんよりは、默讀せられん」（斎藤緑雨）と。脱線してしまったが、前述の「アボジ……」の呼びかけから「キンタマ」のキの字が発音されるまでの四、五秒間、酔いの波の引いていくのに合わせて、私はそれだけのことを考えたのだった。語頭の「キ」にはつよいアクセントが置かれ、つよさの分だけ、「キンタマ」は厳かな響きを放ったことだ。「アボジ……」からその「キ」までの数秒間、私はさらに、これから延々と「恨（ハン）」の物語が朗読されるのかもしれないと、やや憂鬱になりかけて姿勢を正したのだ。勇を鼓して私は李芳世さんの顔を見上げた。眼鏡の奥でいたずらっぽい眼が私の眼をとらえてにっと笑った。ややあって「キンタマは／ニンゲンの　チュウシンか?」。私に問いかけるようにそれは「か」を尻上がりにして朗読された。詩人はひと呼吸おいて「以上、終わり」といい、涼しい顔で席に戻った。私は笑い崩れた。眼に浮かんだのだ。お風呂場であろう。李さんの子供さんであろうか、彼の「チュウシン」を指さして、真剣なまなざしで見上げている。かねてからの疑問をついに声にしてみた。それが果たして男というものの全体の中心にあたるものかどうか。心の底からの疑問だったのだ。想像するに、この質問は「キンタマは宇宙の中心か?」と問うほどにまっとうで切実だったのである。子供の眼が雲母みたいに光っている。それが私には見える。二ヵ月ほど前、大阪・生野区の酒場。もう零時を回っていた。女性たちもいた。皆が笑い、拍手した。だれも「キンタマ」を即物的にとらえる者はいなかった。声を上げて笑いながら、ああ、こうした詩の朗読ってあるんだと私は思いなした。こんなに思いきり笑ったのは何年ぶりだろうとわざわざ自問するほど心が舞い踊った。李芳世さんの詩は、もはや原型をとどめないくらい縒《よ》れに縒れ腐りに腐った私の心根にさえ沁《し》みてくる。「空気入れ」という詩もいい。「いつも学校に行くとき／ハラボジが自転車のタイヤに／パンパン空気を入れてくれた／──遠いけどがんばっていくんや／あの声が今も聞こえる／地震が起こり／家が倒れ／ハラボジは下敷きになった／火がどんどん近づいてきた／──はよ逃げ、はよ逃げ　言うて／ハラボジは死んだ……／空気入れ見たらハラボジを思い出す／仮設住宅から学校に通うのは大変やけど／ぼくはがんばる／朝、自転車に空気を入れる／シュッーシュッー／ハラボジがはよ行け、はよ行け　言うて／風を入れてくれている」（前掲詩集）。「ハラボジ」とは祖父のことだ。某日、若い在日コリアンが私の前で泣いた。「怖いのです。ブルーのリボンをつけたあの署名運動のおじさん、おばさんたちの前を通るのが。睨まれているようで」。署名板には「ふざけるな、北朝鮮！」という記事だかビラだかが貼られていたという。私は「ハラボジたちは昔もっと怖い思いをしたらしいぞ。君らは胸を張れ。堂々と歩け。本当の友だちはこの国にたくさんたくさんいるから」と慰める。でも声がどうしても震える。皆が「制裁しろ、制裁しろ」と唱和している。北朝鮮はもはや批判の相手を通り越し人種差別の対象とすらなっている。アソウタロウという男は「創氏改名」という民族破壊政策は当時の朝鮮人たちのほうから望んだ、という趣旨の発言をしている。ハングルは日本人が教えたのだ、という意味のことも放言した。アソウは創氏改名の強制に抗って自殺者まででたことを知らない。「犬糞倉衛」（いぬのくそ・くらえ）つまりファック・ユーという名前を故意につけて抵抗を試みた朝鮮人もいたことを知らない。自分の発言と歴史の改竄《かいざん》がどれほど深く人の心を傷つけているかを知ろうとしない。だから過去はいつまでも終わることがない。皆が戦争賛美の詩が朗読されたころの声質でものを語っている。イシハラシンタロウもそうだ。北朝鮮系の患者は診たくないといった医者もいるそうだ。蒙昧《もうまい》のきわみである。お前たち、そんなにコリアンをいじめたいか。半島の北半分の飢えている人びとをさらに飢えさせることがそんなに楽しいのか。ああ、この連載もあと二回。あと二回済めば、原稿を書きつつ怒りで指の震えが止まらなくなる虚しく切ない繰り返しを終えることができる。だからいまのうちにいっておこう。「アボジ／キンタマは／ニンゲンの　チュウシンか？」と問うた子、問われた父、逝ったハラボジの素晴らしい想い出を綴った孫は皆、私の大事な大事な友人である。彼らへの差別、迫害は私が断じて許さない。ずいぶん弱ってはいるけれども、私にだってまだキンタマがあるから。

初出：「サンデー毎日」２００３年6月22日号。『抵抗論』所収

2

裏切りの季節

撃て、あれが敵なのだ。あれが犯人だ。そのなかに私もいる。

裏切りの季節

知識人の転向は、新聞記者、ジャーナリストの転向からはじまる。テーマは改憲問題。（丸山眞男『自己内対話』から）

アジサイは嫌いでないけれども、アジサイを見ていると、いつもなんだか不安になる。幾百もの手まり形の花が咲き群れる景色は、光に跳ねる色のしぶきで、目の玉も脳髄も青く染まってしまいそうなほど、妖しく美しい。だが、本音をいうと、いずれも青ざめた、たくさんの生首たちが一堂に会して、ざわざわとよからぬことを話しているようにも、あれは見える。そんな描写をいつかなにかで読んだからそう思うのか。東京・荒川区の小塚原の刑場跡近くに長く住んだ経験が、そう意識させるのか。わからない。ただ、アジサイを内心どこかで忌み、警戒する年来の癖が、このところ高じている。

「転向」についての丸山眞男のメモを読んだとき、ふと生首、いやアジサイを思った。とくに、ガクアジサイ。白色だったはずが、いつの間にやら紫色になって、群れて騒いでいる。でも、ガクアジサイたちも、それを見るわれわれも、変色に心づくのは、ごく稀である。やっかいなのは、そのこと。無意識の、はっきりした痛覚もない変身であり変心なのだ。それがいま、この国の湿土のほうぼうで生じつつある。いわば、空前の「裏切りの季節」にわれわれは生きているのではないか。

歴史が重大な岐路にさしかかると、群れなす変節の先陣を切るのは、いつも新聞なのだと、丸山はいささかの怒りと軽蔑をこめて記したのである。改憲問題とあるから、いまのことかと錯覚しそうだが、丸山逝ってはや五年目の夏だから、さにあらず。丸山眞男は自社五五年体制発足の翌年の手帳に、すでにしてこれらの言葉を書きつけていたのだ。

彼はなにをきっかけにこんなメモを残したのだろうか。以下は私の想像と付会である。一九五六年、鳩山首相が国会で現行憲法への否定的考えを明言し、「飛行基地を粉砕しなければわが国の防衛ができないという場合には、その基地を侵略してもよい（後に「侵略」という言葉だけを訂正）」などとぶちあげて審議がストップした。自民党の「解釈改憲」戦術の嚆矢《こうし》ともいわれるとんでもない暴言事件だが、新聞各紙の論調は、むろん、いまよりはよほど政府に対して厳しいものであった。丸山はそれでも、でたらめな解釈改憲を許す一部新聞論調に、背理と「転向」のにおいを嗅いだということなのかもしれない。

新聞の「転向」に関するこのメモの前に、丸山は米国の哲学者・詩人ジョージ・サンタヤーナの言葉を、英文で同じ手帳に記している。訳せば、「過去に学ばぬ者は、それ（過ち）を繰り返すよう運命づけられる」。過去とは、いわずもがな、戦前・戦中のことである。ジャーナリストとは過去に学ばないものだ、という丸山の嘆息が聞こえてくる。二〇〇一年のジャーナリストは、しかし、もっと学んでいない、と私は確信する。すなわち、このアフォリズムのとおりに、重大な過ちを繰り返しつつある。権力をチェックするのでなく、権力を翼賛する古くて新しい過ちを。解釈改憲も改憲そのものの動きも、いまや五六年当時とは比べものにならないくらいに拡大し、加速もしている。ジャーナリストの抵抗の水位は、だが、戦後例を見ないほど低い。

　にしても、記者風情がまがりなりにも「知識人」の範疇に入れられ、赫々《かっかく》たる学績の主によって、「転向」などという奥深い思想の言葉で難じてもらえたのだから、五〇年代の記者はまだ幸せみたいなものではあった。基軸になる思想（土性骨でもいい）がもともとない者たちには、「転向」などしたくてもできないのである。それこそが、いまという不幸な時代のマスメディアのありようであろう。「転向」も「非転向」も廉恥《れんち》もなく、裏切りもまた自他ともに感知されない。哀れといえば哀れ、惨めといえば、人としてこれほど惨めなことはない。激突などさらになく、論点も徐々に溶解し、無と化してしまう。表面、穏やかなこのなりゆきこそ、新しい時代のファシズムの特徴のひとつだと私は思う。

アジサイ話に戻れば、変色を常とするのはなにもガクアジサイにかぎるわけではなく、土壌の酸性度によっては他の種類でも花色が変化するのだそうだ。「酸性度が高くなると鉄およびアルミニウムが多く溶け出し、ことにアルミニウムが吸収されると花色は青色が強くなる。逆の場合は桃色が強く出る」(『世界有用植物事典』)。ああそうか、変色のわけをアジサイ本体に求めるのでなく、土質のせいにすることもできるのだ。

世間の多数が小泉内閣に歓呼の声をあげている。あからさまな弱者切り捨て政策に、己が排除されようとしているにもかかわらず、どう勘ちがいしてか、決して強者ではない層までもが賛成している。共産党支持層の七割もが小泉内閣支持という、絶句するほかない調査結果もでた。ひとつの芝居が、もはや喜劇の域を越えて悲劇に変じつつある。メディアは、ここは敢えて花色を変えず、時代の病理を執拗に摘出すべきなのだが、反対に、時代とどこまでも淫らなチークダンスを踊るばかりなのである。民衆意識という社会的土壌の酸性度が異常に高くなったことにたやすく応じて、そこに咲き狂うアジサイならぬマスメディアの徒花《あだばな》が、ためらいもなく、いみじき変色をしてしまったというわけだ。

きょうびのこの国は、けだし、満目《まんもく》不気味な背理の風景ばかりではある。マスコミだけではない。政党が党員を、労働組合が組合員を、宗教団体が宗徒を、教員が生徒を、司法が憲法を、弁護士が被告人を、言葉が現実を、歴史学者が歴史を、哲学者が自身を、それと意識せずに裏切りつづけ、かと思えば、関係が転倒し、逆に裏切られつづけてもいる。

五〇年代と変わらないのは、たぶん、メディアの寵児たちの、妙に自信たっぷりで不遜な口吻《こうふん》であろう。そして、いまも昔も、時代と和解的な評論家や学者たちは、みずからの変節にまったく臆するということがない。アジサイの花言葉も、そういえば、「高慢」であった。問題は、裏切りの花たちの花期だ。それが果てたなら、いったいどんな風景が立ち上がるのだろうか。

初出：「サンデー毎日」２００１年7月29日号。『永遠の不服従のために』所収

業さらし

かなしきは人間のみち牢獄《ひとや》みち馬車の軋《きし》みてゆく礫道《こいしみち》（北原白秋『桐の花』から）

いや、なにも、あの人畜無害の「折々のうた」を真似ようというのではない。表現者とその時代のようなことを調べているうち、久しぶりに白秋に行きあたり、懐かしくなったまでのことである。結論を先に述べれば、国家や大正義を微塵《みじん》も帯びない詩境のほうが、当り前の話だが、なんだかほっとするよな、ということだ。こないだの選挙で権力亡者たちからいやというほど聞かされた、まことに嘘くさい大言壮語の数々が、まだ耳鳴りみたいに頭蓋に残っているせいかもしれない。息み気張って国を論じるより、そんなものどこ吹く風と、ひたぶるに個人の迷妄に生きる。人としてそのほうが好ましい気がしてくる。人猫も杓子も、にわか国士よろしく政治に口角泡を飛ばす今日このごろ、たとえばの話、人生裏街道で密かにしっぽり色恋に浸かりこむなり、カトンボの性器研究のたぐいに一意専心するなりの、まったき非政治を貫くほうが、おそらく政治よりよほど根性がいるだろうけれども、いっそまっとうというものではなかろうか。といった、ひねくれた見地から、おそれ多くも、青年白秋の歌を引用してみたのである。

さて、瘦せても枯れても白秋ではある。冒頭の歌は、さっと読み流したって、技の冴えがわかる。けれど、この歌、どことなく演歌調だからか、概して高くは評価されていないようなのだ。一部の解説書などは「文学的価値に乏しい」とまで断じている。だが、文学的価値なんぞはなから信じない私は、この歌が嫌いではない。同じ『桐の花』の「哀傷篇」のなかでは、「一列《ひとつら》に手錠はめられ十二人涙ながせば鳩ぽつぽ飛ぶ」も、哀切かつユーモラスで、思わず引きこまれる。また、歌境の深みにおいて、これら二首に負けないのは「監獄《ひとや》いでてじつと顫《ふる》へて噛《か》む林檎林檎さくさく身に染みわたる」であろうか。しかしながら、三首のいずれも、とてもじゃないが、褒章対象作品にはなりえない性格なのである。つまり、〝非国民〟的であり、いわば業さらしの歌なのだ。むしろ好ましいのは、そこである。

牢獄だの手錠だのというから、大逆の罪か革命運動に連座するかして捕まったのかといえば、そんな恰好のいい話ではない。隣家の新聞記者夫人、松下俊子と、いまでいう「不倫」の仲となり、白秋は夫から姦通罪で訴えられ、市ヶ谷の未決監に拘束された。明治四十五（大正元、一九一二）年、歌人白秋二十八歳の人気絶頂のときであった。「有夫ノ婦姦通シタルトキハ二年以下ノ懲役ニ処ス其相姦シタル者亦同シ」という旧刑法がまかり通っていた時代である。

二週間ぶちこまれ、示談が成立して自由の身になったものの、人気歌人のスキャンダルとして新聞で報じられ、世間の好奇の目にさらされたわけだから、白秋の落ちこみようといったらなかった。三首はそのころ詠まれた、いまふうにいえば、トホホの歌なのだ。「かなしきは」と「一列に」は、囚人用の編み笠をかぶせられ、他の囚われ人らと数珠《じゅず》つなぎにされて、砂利道を囚人馬車で未決監へ送られたときの情景。「監獄いでて」は、保釈後、久しぶりの自宅でひとりうずくまり、冷たいリンゴを食べたときの心境であろう。「哀傷篇」には、これら三首以外にも「夕されば火のつくごとく君恋し命いとほしあきらめられず」などという、なんと申しますか、フランク永井の「君恋し」みたいな、ただもうメロメロの歌もある。第一首の「礫道《こいしみち》」は、どうやら「恋し道」の懸詞《かけことば》みたいだし、いわれてみれば、「文学的価値」にはたしかに乏しいのかもしれない。

しかしなあ、と私は疑るのだ。唐突だけれども、「天皇《すめらぎ》は戦《たたかひ》宣《の》らしあきらけし乃ち起る大東亜戦争」だとか「ああ既に戦《たたかひ》開くまたたくま太平洋を制圧すれば」には、いったい、いかなる「文学的価値」があるのだろうか。なおまた、「天《あめ》なるや、／皇《すめら》御《み》神《かみ》のきこしをす／道直《ただ》にして聖戦《みいくさ》とほる。／（中略）／国挙げて／奮ひ起つべし、／大君のみまへに死なむ／今ぞこの秋《とき》。」（「今ぞこの秋」）などという歌に、どのような佳味があるというのか。これらは別人の詩歌ではない。功なり名を遂げた北原白秋が最晩歳、すなわち一九四二（昭和十七）年に発表した。前者は「大東亜戦争」と題され、初出は『日本評論』。後者の、いま読めばじつに馬鹿げた歌は、ほかでもない、『サンデー毎日』（同年一月四日）に寄せられた。現在はどうか知らないが、サンデーも当時は、他誌同様に、堂々翼賛の一角を担っていたのである。

いうまでもなく、これらの詩歌は前年十二月の太平洋戦争開戦、そして、天皇による宣戦の詔書に昂奮して綴られており、「神怒り大いに下る冬の晴ホノルル爆撃の報爆《は》ぜたりぬ」なんていうのもある。白秋だけじゃない、上は茂吉から下は無名歌人まで、みんながこの手の歌を詠んだのだといえば、そうなのだけれど、おいおい、「かなしきは人間のみち牢獄みち」はどこへ行ったの、と問うてみたくもなる。ちょっと、あんた、「林檎さくさく身に染みわたる」を忘れてしまったの、と。人妻に手をつけて姦通罪でブタ箱にぶちこまれるのは、業さらしかもしれないが、戦争賛歌をみんなでうたいあげるより万倍もましだ。若いころの業さらしで、いささかなりとも地獄を見たことがあるのなら、しかも、それを詠んだことさえあるのだから、口をぬぐって「国挙げて／奮ひ起つべし」なんていっちゃいけないよ、と私は思う。

白秋を批判したいのではない。問題は、いまなのだ。景気が悪いくせに、いや、景気が悪いがゆえにか、頭に血が上り、気持ちがこれまでになく怒張気味のこの国で、トホホの私的過去をかなぐり捨てて、妙に勇ましくなってしまった物書き、評論家、記者が増えている。今ぞこの秋、国挙げて奮い起つべし、みたいなことを、眼を充血させていっている。笑止千万である。俺もあんたたちも、業さらしの昔のほうが、よほどましだったのに。

この国でものを書くということは、といま再び私は考える。そう意識しようとすまいと、戦前、戦中の物書きたちの途方もない背理と、どこか深いところで関係することを意味する、と。

初出：「サンデー毎日」2001年8月19・26日夏の合併号。『永遠の不服従のために』所収

第五列

「……あなたがたの来ることに待ち疲れたもうた神は、災禍があなたがたを訪れるに任せ、およそ人類の歴史なるものが生れて以来、罪ある町のことごとくに訪れたごとく、それが訪れるのに任せたもうたのであります。あなたがたは今や罪の何ものたるかを知るのであります――」

(カミュ『ペスト』の、パヌルー神父の説教から　宮崎嶺雄訳)

遅ればせながら、九月十一日の米中枢同時テロを特集した『ニューヨーカー』誌(二〇〇一年九月二十四日号)を繰ったら、本文にいく前に、いきなり見開きページの金髪白人女性の写真が眼に飛びこんできた。沈痛な表情をしているので、テロ犠牲者の遺族かと思ったら、ちがっていた。写真には「彼は、お前が悪いから殴ったんだ、というの」という言葉と、写真の女性の名前、そして「ドメスティック・ヴァイオレンス・サヴァイヴァー」という、彼女に関する説明が記されていた。「家庭内暴力被害者」あたりが妥当な日本語訳なのだろうが、原文では「生存者」。暴力の実態がそれほどにひどいということだ。見開きページは、フィリップ・モリス社などが支援している「全米家庭内暴力ホットライン」の広告だったのだ。

ＤＶと略称でいわれると現実感が薄れるが、ドメスティック・ヴァイオレンスとくると、イメージが過剰に喚起されて、〈あんたがたは、ドメスティックでもアフガンでも、暴力ばっかりだな。いったい、タリバン支配社会における女性の地位を非難する資格があるのか〉と毒づきたくなった。ＤＶは、もっとも、日本でも大変に深刻な問題だから、保安官ブッシュの国だけを叱るのは、公正ではないのだが。

私が読みたかったのは、この広告ではなくて、作家スーザン・ソンタグの文章であった。９・11テロと米国の対応について、ボスニア紛争も経験している彼女が、どう考えているのか知りたかったのだ。たった千字ほどの短いエッセイであったが、気合いは入っていた。のっけから、政治指導者やテレビ・コメンテーターらの「独善的たわごと」や「公然たる人騙し」をやりだまにあげ、連中はテロ攻撃を「卑怯」などというが、この言葉は、自爆攻撃者ではなく、報復の範囲を超えて空爆をする者らを形容してこそ、より適切なのである——と、挑発的だ。そして、旧ソ連共産党大会恒例の「満場一致」は軽蔑すべきものだったけれども、9・11以降の米政府当局者とマスメディアの協調関係だって、事実隠しのレトリックにいたるまで一致している、とソンタグは怒り、これは「成熟した民主主義」の名に値しないと難じている。

読んで、ま、小気味はいいのだが、『ラディカルな意志のスタイル』（一九六九年）や『ハノイで考えたこと』（一九六八年）の著者であることを思えば、とくに、驚くにはあたらない。米国内でも、またソンタグがソンタグらしく吠えているという程度に受けとめられているのだろう、と私は想像していた。ところが、やはり、時代がちがうのだ。彼女はいま、この『ニューヨーカー』のエッセイがもとで、かつてない袋叩きに遭っているらしい。右派系メディアから「国賊」呼ばわりされ、ある雑誌からは、ウサマ・ビンラディンとサダム・フセインとソンタグは同類か、などと書かれた。また、インターネット情報によれば、彼女を「フィフス・コラムニスト」と呼ぶ者もいるのだという。これは、五番目のコラムニストという意味ではない。「第五列」、つまり内通者を意味する、いやはや、なんとも古い言葉なのである。

「フィフス・コラムニスト」を、日本語では、そのまま「第五列」という。いまでも広辞苑に載っている言葉だけれど、もう死語だと私は思っていた。スペイン市民戦争（一九三六～三九年）で、フランコ将軍麾下《きか》のモラ将軍が四つの部隊を率いてマドリードを攻めたが、フランコ派が密かに同市内に潜んでいて、モラ将軍の部隊に内応していたことを指して、その内通者を第五番目の部隊、すなわち「第五列」と呼んだのである。米国のアホな論者は、テロリストと内通する国内の「第五列」であるというレッテルを彼女に貼ろうとしたわけだ。しかし、いかに罵倒されようとも、どうやら彼女は意気軒昂であるらしく、このままいったら米国は「警察国家」になってしまうなどと怯《ひる》まず警告したりしている。同感である。

とまれ、「第五列」という陰湿きわまる言葉は、第二次大戦後、米国でマッカーシズムが吹き荒れたときに、多く用いられたのではなかったか。一九五〇年二月、国務省内にいる共産党員の工作により、米国の外交が損害をこうむっているとして、マッカーシー上院議員が〝赤狩り〟を提唱し、政界だけでなく、思想、文化・芸術界での異端排除がはじまった。そのさい、外国共産党の「第五列」というでたらめなレッテルを貼られ、多くのリベラルな人々が職を追われた。その精神的傷は、いまでも映画界を中心に癒えずに残っているのだが、そういえば、米国社会はいま、まるでマッカーシズム再来といった雰囲気ではある。ハリウッドが政府の意を受けて、当局の政策にとって都合の悪い映画の公開を控えてみたり、政府に批判的なテレビ・コメンテーターが番組を降ろされたり、反戦・厭戦的な歌の放送を自粛してみたり、ベトナム戦争でも湾岸戦争でもなかったような統制と言論抑圧がはじまっている。アフガン報復戦争と炭疽菌騒ぎが拡大するなかで、米国は、ソンタグの懸念するとおり、ますます警察国家と化しつつあるようだ。

じつのところ、私は、ソンタグがコソボ紛争のときに、NATO軍の空爆ばかりか地上軍動員まで訴えたことに、つよい疑問を抱いたことがあり、不信はなお消えていない。だが、いま米国内で袋叩きに遭っていると聞けば、彼女に味方したい気分にもなる。スーザン・ソンタグは、セルビア軍包囲下のサラエヴォで、『ゴドーを待ちながら』の演出をしたこともある勇気の持ち主だから、味方なんかいらないだろうけれども。

「第五列」をいうなら、日本には真性のそれがたくさん生まれている。マスコミにも、作家のなかにも、思想界にも。ただし、やつらは、ファシスト・コイズミとその権力の「第五列」である。気をつけよう。

初出：「サンデー毎日」2001年11月18日号。『永遠の不服従のために』所収

加担

一次元的な思考は、政治を作り出す人びと、およびその大量情報を調達するかれらの御用商人たちによって組織的に助長される。その言説の世界は、自己証明的な仮説――たえず独占的にくり返されることによって、催眠的な定義もしくは命令となる仮説――に満ちている。

（H・マルクーゼ『一次元的人間』から　生松敬三・三沢謙一訳）

奇妙なことに、マスメディアで働く者たちは、昨今厳しさを増しているメディア批判の論考を読むときに、批判対象は自分ではなく、同じ領域の遠くの方にいるらしい「困った他者」である、と思いこむ癖があるようだ。自分が批判されているにもかかわらず。だから、だれも傷つきはしない。いわんや、戦争構造に加担しているなどと、ゆめゆめ思いもしない。かくして政治とメディアは、手に手を取って、「現在」という未曾有の一大政治反動期を形成しつつある。

彼ら彼女らに悪意などはない。誠実で勤勉で従順でちょっと不勉強なだけである。誠実で勤勉で従順で不勉強なことは、しかし、全体主義運動参加者にとって、不可欠な資質である。このことは、米国の巨大な軍需産業を支える研究者や技術者の多くが、エコロジストであり敬虔なクリスチャンでありバードウオッチャーであったりすることと、関係性がどこか似ている。日常のなかにある戦争構造は、表面は醜悪でもなんでもなく、微笑みと誠実さに満ちているか、ないしは、あっけないほど透明なのだ。

「戦時体制」が着々と整いつつある。テロ対策特措法が国会を通り、自衛隊艦隊がインド洋に向かった。戦後はじめての派兵であり、参戦である。改定自衛隊法も成立し、自衛隊の治安出動の条件が大幅に緩和された。「防衛機密」を漏洩《ろうえい》した者には、五年以下の懲役刑が科せられることにもなった。一九八五年に自民党が提案し、世論のつよい反対で廃案になった「国家秘密法」の、事実上の導入であり、有事法制整備の先がけである。小泉首相は有事法制による私権や基本的人権の制限はやむをえないといいはなち、中谷防衛庁長官は、憲法九条を改定すべきだと公言してはばからない。ＰＫＯ（国連平和維持活動）協力法改正案も近く成立しそうだ。ＰＫＦ（国連平和維持軍）の本隊業務への参加凍結解除と併せ、武器使用基準を見直すという。

もはや戦争可能である。いや、われわれは、客観的には、いつ終わるともしれない〝戦中〟に、すでにして入っているのかもしれない。だが、マスメディアに働く者たちは、事ここにいたっても、なお、みずからのなに変わらぬ日常と気だるいルーティンワークを覆すことができないでいる。それどころか、埒《らち》もない社内人事の話からさえ脱することもできずに、全体としては、どこの社の社員も、じつに誠実に勤勉に従順に、翼賛報道の片棒を担ぎつづけているのである。「世界同時反動」という、世にも珍しいこの歴史的時期に、そのわけを探《あなぐ》る姿勢などあらばこそ、おのれの瑣末な日常にどっぷりと没するばかりのこの国のマスコミの知的水準は、いま、絶望的なまでに劣化している。

新聞は、濃淡の差こそあれ、ほぼ〝大政翼賛〟、NHKは大本営発表、民放はこの期におよんで懲りずにおちゃらか騒ぎ（アフガンの飢餓報道をやったり、大食い競争の番組をやってみたり）……と相場はきまっている。なかでも、NHKのひどさは目にあまる。受信料をつかって、国策宣伝にこれ努めるばかりではなく、9・11テロ以降は、ホワイトハウスとペンタゴンのただの宣伝機関になりさがってしまった。某日は、ペンタゴン提供の映像を用いて、アフガンで使用されている米軍の精密誘導兵器の精度がいかに優れているか、まったく無批判に〝広報〟してやっていた。湾岸戦争時の〝ピンポイント爆撃〟報道が、その後まったくの嘘であったという苦い経験など、どこ吹く風である。この分だと、戦争狂ラムズフェルド国防長官は、ＮＨＫの多大なる対米貢献に対し、いずれ、勲章を授与するのではないか。

我慢がならないのは、某日、わけ知り顔の解説員なる男が登場して、アフガンでも使用されはじめた燃料気化爆弾（ＢＬＵ82）というしろものが、戦場でどれほど「効果的」かについて、得々と無機質な声で説明してみせたことだ。その破壊力の凄まじさゆえに、核兵器に次いで残虐な兵器とされ、国際社会から使用禁止の声が上がっているにもかかわらず、米国はそれを拒否して実戦使用しつづけている事実にはまったく触れずに、である。連日の空爆のために食糧援助がままならず、子ども十万人をふくむ数十万の避難民たちがこの冬、餓死ないし凍死すると懸念されていることにはまったく言及せずに、である。このような報道をジャーナリズムとはいわない。官報以下である。

この解説員には廉恥《れんち》もニュースセンスもなく、おそらく、悪意もない。誠実で勤勉で従順なだけであろう。誠実に勤勉に従順に無意識に、戦争構造に加担しているのである。で、そのことを、ＮＨＫの他のセクションで働く者たちは、格別の恥とはしていないようだ。言挙げも議論もしはしない。要するに他人事なのである。そして、それぞれのセクションは、同じように誠実に勤勉に従順に、立派な日本人の物語や、国宝や、民俗や、農業振興や、当局を怒らせない程度の環境・社会問題の番組などを制作し、ごく内輪で褒めたりけなしたりしながら、やはり、しっかりとこの国の戦争構造と全体主義を支えている。ただし、少数の例外を除き、ほとんどの者は、戦争構造に加担しているとは自覚などしてはいないのだ。「個」というものの無残にすり切れた、思えば、哀しき群体ではある。

問題は、むろん、NHKだけではない。この国の全域を、反動の悪気流が覆っている。日常のなにげない風景の襞《ひだ》に、戦争の諸相が潜んでいる。人々のさりげないもののいいに、戦争の文脈が隠れている。さしあたり、それらを探し、それらを撃つことだ。でないと、気づかずに加担させられ、悪しき波動に無意識に呑まれてしまう。もう手遅れの感もあるけれど。

初出：「サンデー毎日」2001年12月2日号。『永遠の不服従のために』所収

有事法制

暗く陰惨な人間の歴史をふり返ってみると、反逆の名において犯されたよりもさらに多くの恐ろしい犯罪が服従の名において犯されていることがわかるであろう。（スタンレー・ミルグラムが『服従の心理　アイヒマン実験』で引用したC・スノーの言葉から　岸田秀訳）

政府が有事法制関連三法案を閣議決定した。来るものがついに来たのだと思う。というより、ポイント・オブ・ノーリターンを超えた。満腔《まんこう》の怒りと底なしの虚脱感の両方に私は襲われた。政治も軍事も経済も、私の内面からもともとは一万キロも離れた異空間のできごとでしかない。少なくとも、そのように自己韜晦することが可能であった。いままでは。だが、有事法制についてはそうはいかない。長年の流連荒亡《りゅうれんこうぼう》のすえに、正直、私は精神の芯のあたりからなにか腐れたにおいを発してしまう男になった。どうしても許せないというものがあるとすれば、おのれ以外にはないと思いもして、つまりおのれのみを気にしつつ、お釣りのような人生を生きてはいる。だから、ふだん口にしている量ほどには、じつのところ、政治には関心がない。いや、てんでない。だが、有事法制はちがう。私のことも許せないが、有事法制もとうてい許せはしない。余人はどうあれ、有事法制が閣議決定された二〇〇二年四月十六日夜は、私の個人史にとってきわめて大きな意味をもつ。その所感をこの夜のうちに書きとめておきたい。私には鬱勃《うつぼつ》とした怒りがある。だが、それはかならずしも小泉内閣だけへのものではない。この国の愚昧な好戦家たちがここまでやることぐらい、ずいぶん以前からわかりきったことだったからだ。では、マスコミへの怒りか？　いや、いや、そんなものはとうにいい厭《あ》きている。マスメディアの腐敗はいまにはじまったことではない。なにをいまさら、である。戦前も、戦中も、戦後も徹頭徹尾腐敗し、ほとんど法則的といってもいいほど堕落していた。ごく一部の尊敬すべき例外を除いて。では、いわゆる革新政党への怒りか？　公設秘書の給与流用疑惑で陰謀的にやっつけられた社民党が、ほとぼりもさめない時期の自治体首長選挙で自民、公明などと相乗りした。こんなもの革新政党とはいえない。地方自治体がどれほど中央権力に抵抗できるかどうかが有事法制論議の緊要なテーマの一つだったのに、選挙となるとろくな議論もせずに自民党と事実上、手を結んでいる。呆れかえるのみである。では、いったいなにに私は怒っているのか。ほんとうのところ、よくはわからない。だが、煎《せん》じ詰めれば、怒りの矛先は、私自身、私の周辺、それらを包む日常に向けざるをえない。一つの大きな謎がある。私の周辺には有事法制に賛成する者など、彼ら彼女らの飼っている猫やハムスターや犬をふくめ、一人として、一匹として、いやしない。友人をとくに選んでいるからではけっしてない。自然にそうなっているのである。もちろん、世論分布からすれば多数派ではないであろう。けれども、ひどく少ない数でもないのだ。彼らは「越えてはならない線を越えた。ひどい世の中がきた」という。「このままいったら徴兵だね」ともいう。「新聞が後押ししてるし、とんでもない話だ」と憤る。「まるで国家総動員法じゃないですか」と位置づける。「憲法は完全に壊滅だ」と嘆じる。「命令に違反すれば懲役刑もありうるらしいよ」と案じる。私も同感である。世論調査では負けるかもしれないが、こうした意見の持ち主はこの国に数十万、いや数百万人、いやもっといるかもしれない。そのままデモ隊にしたら大変な数字だ。だが、私の周辺からデモにいった者などほとんどいない。憤激のあまりノイローゼになった者も自殺した者も辞職した者もいない。翼賛論調を支持する編集幹部を罵倒し殴りかかったという記者も寡聞にして知らない。謎といえば謎である。「武力攻撃事態への対処に関し、必要な措置を実施する責務」をもつとされ、またぞろ大本営発表機関とされかかっているＮＨＫのわが友人たちも、小声で有事法制反対くらいはいうものの、とくにそのために時間を割いてなにかしたわけではないようだ。出版社の私の担当編集者たちも、問われれば有事立法には反対というけれど、有事立法がそもどんなものか勉強しているふしはない。個人情報保護法についてもろくに知らないし反対集会に参加するわけでもない。それでも、有事法制にも個人情報保護法にも徹底的に抵抗しようという中身の私の本を熱心に編集し、懸命に売ろうとする。同時に、私のとまるっきり反対の趣旨の本をも、じつに誠実に編集し販売している。まことにはや……。ある者は美食しすぎて太ったからアスレチックジムに通っているという。結構である。もう少しで妻と離婚できそうだと眼を輝かせている編集者もいる。よかったなと思う。私の書いたチョムスキーの話をとても面白いといってくれる。彼の苛烈さを味わったらすぐに辟易するくせに、それに、チョムスキーのものなんかまともに一冊も読んだことがないのに。しかし、平気でチョムスキーを語ることのできる優秀な編集者ばかりだ。「くらべれば、日本の知識人ってほんと腑抜けね」と利《き》いたふうなことをいったりもする。社にも作家にも誠実で眼前の男の本がなんぼ売れるか売れないかを反射的に計算もできる、有能な編集者たちばかりだ。空虚だ。あまりにも空虚である。記者が編集者がディレクターが、連夜、飲み屋で評論している。「うちはだめになった」と皆がいう。「うち」ってなんだ、うちって。出社すれば、だが、だれもルーティンワークに逆らいはしない。有事法制などなんの関係もなくなる。日常のイナーシア（慣性）が、自他のすべてを制していく。皆で中身のない〝勤勉合戦〟をはじめる。有事法制が閣議決定された夜だってそうだった。抵抗を抑圧する不当な強権が別して発動されたわけではない。抵抗そのものが皆無だったのだ。皆が数十年来のイナーシアに夢遊病のように従っていた。闘わずして安楽死である。この国のマスメディアで有事法制反対を口にするのは、たんに月並みな知的お飾りにすぎない。口先でいうだけで、なにか失う覚悟なんかありはしないのだから。ファシズムの透明かつ無臭の菌糸は、よく見ると、実体的な権力そのものにではなく、マスメディア、しかも、表面は深刻を気取り、リベラル面《づら》をしている記事や番組にこそ、めぐりはびこっている。撃て、あれが敵なのだ。あれが犯人だ。そのなかに私もいる。（二〇〇二年四月十六日夜記す）

初出：「サンデー毎日」2002年5月5・12日GW合併号。『永遠の不服従のために』所収

二層風景

でも、私たちはどこへ行けばいいのだろう？　この人生がうまく行かないからといって、別の人生を買いに行くなどということができるのだろうか？
（アルンダティ・ロイ「夏の日の核ゲーム」から『世界』二〇〇二年九月号所載　片岡夏実訳）

むろん、人生は買えない。いやな時代だからといって過去に戻ることもできはしない。どこかに逃げようったって、「逃げるな」という声が追いかけてくる。それは他者の声ではない。耳をすませば、それは自分の声なのだ。だから、ロイはいう。「自分の中に手を伸ばし、考える力を見つけなければならない。そして戦う力を」（『わたしの愛したインド』「想像力の終わり」片岡夏実訳　築地書館）。これが至高の結論である。以下は余談のようなものだ。大事なのは眼と耳の射程だ。見えるならばじっと見よ。聞こえるなら耳をそばだてよ。風景はいまや多層化した。表層、中層、深層。三層は見通せないにせよ、せめて二層くらいは見抜けないものか。ステレオグラムの紋様に隠れた風景を見いだすように眼を皿にして見る。表層風景には「日本人拉致事件」「北朝鮮暗黒帝国」「北朝鮮は犯罪国家」「北朝鮮は一大脅威」「拉致被害者、金日成バッジ外す」「ニッポンよい国、北朝鮮悪い国」「安倍晋三さんいい人、中山参与いやし系」……といった表象がある。これらは風景のテーマをことさらに強調するオブジェでもある。でも、風景の芯そのものかどうかは甚だ疑わしい。一方で、イージス艦がアラビア海に派遣され、国産スパイ衛星打ち上げ計画が本格化し、訪米した石破防衛庁長官が日米が共同で技術研究を進めるミサイル防衛（MD）について「将来における開発・配備を視野に入れたうえで検討を行いたい」と述べ、現在の研究段階から開発・配備段階へ移行する構えを示した。前者と後者は二つのまったく異なった風景なのであろうか。そうではあるまい。二つはじつのところ一つの重層的風景なのだと私は思う。オブジェと風景の本体をとりちがえてはならない。風景の芯は後者にある。すなわち、米国の戦争への支援拡大、日本の一層の自主武装化、戦争構造の増強である。表層には、「北朝鮮許すまじ」のナショナルな義憤とそれを増幅しナイーブに報じるしか能のない、まるで子供の新聞のような（いや、子供の新聞のほうがよほどましか）マスメディアがある。ロイのいう「想像力の終わり」はここにもある。テレビ、新聞は拉致被害者の悲劇とそれに同情する日本社会の「慈愛」を連日連夜伝える。冷酷、暗黒、無慈悲の北朝鮮。自由と慈しみの日本。よくよく考えれば根拠はかならずしも完璧でないこの単純きわまる対照を、マスコミ報道はひたぶるに強調し、そうしているうちにいつしか記者自身がこの単純幻想の虜《とりこ》となり、読者・視聴者もすりこまれ、相乗的に両者がばかになってしまう。異論、反論を許さない空気。一次元的価値。どれも同じようなアングル。この国のメディアこそいまや自称社会主義国の官製メディアに限りなく似てきているではないか。知人の歯科医が苦笑しつつ教えてくれた。虫歯の患者がきた。どのくらい痛いですかと問うたら、くだんの患者が真顔で「北朝鮮並みです」と答えた、と。すりこみの成果だ。自殺率世界最高クラスのこの国が他国を「暗黒」呼ばわりする資格が果たしてあるのか。九・一一は米国に異様な愛国主義をもたらした。拉致事件の真相の一端が明らかにされた二〇〇二年の九・一七（日朝首脳会談）も、程度の差こそあれ、奇妙なナショナル・アイデンティティーを強いる空気を一気に醸《かも》した。九・一一と九・一七の共通項とはなにか。両者に共通する分母とはなんだろうか。まず、あまりに一方的な被害者意識。次に、加害者としての歴史の忘却。自国中心主義。「敵」の創出。国家の擡頭。個人の衰微。憎悪の増幅。情緒が論理をなぎ倒すことの社会的容認。マスコミの迎合、翼賛化。いや、さらに手に負えないのは、こうした全景を国家権力が徹底的に利用して、軍を拡大し、戦争を構え、民衆監視体制を強化することであり、その作業にマスコミが挙げて手を貸すことである。日本の場合、北朝鮮許すまじの表層風景とイージス艦派遣、MD開発本格化といった深層風景の中間に、表層を大いに煽りかつ利用し、深層の実現につなげようとしている超タカ派群がいることが全景の最も重大なポイントである。年齢四十から五十代の、戦争を知らない彼ら超タカ派群は、戦争を知っている自民党の長老グループが辟易するほど好戦的かつ国家主義的といわれる。さらに注目すべきは、超タカ派群の多くが、「北朝鮮拉致日本人早期救出行動議連」（新拉致議連）の主要メンバーだった経歴をもつか同議連と気脈を通じる人物たちであるということだ。石破長官は新拉致議連の会長、米田健三内閣府副大臣は副会長だったし、戦術核保有は憲法に違反しないと発言したこともある安倍官房副長官は新拉致議連ときわめて近く、自衛隊制服組とも親しいという。彼らにとって、北朝鮮とはじつに使い勝手のいい敵である。食糧や重油供給を絶たれた北朝鮮が強硬姿勢に転じ、メディアがその脅威を煽り、日本側の「公憤」が一段また一段と大きくなっていくたびに、超タカ派群が勢いをえてほくそ笑むという構造が二層の風景には隠されている。いま、拉致被害者の悲劇は国家によって明らかに利用されている。愛国心の発揚のために。〝よきニッポン〟のアピールに。軍備増強のために。有事法制の確立のために。イージス艦派遣にもMD計画にも強い反対の声が上がらないのは、メディアが表層風景にのみこまれて、ジャーナリズムとしての平和的論理性を失ってしまい、超タカ派群の底意を問題としてとらえきれなかったからである。毒入りカレー事件の被告人に状況証拠だけで死刑判決を下した司法への無批判。子供が飢えていようが、北朝鮮にはコメ一粒たりとも送るなという勢力への無批判。ジャーナリズムのこれら二つの無批判と不見識は、情緒的世間と権力への恥ずべき拝跪《はいき》という点で同質である。大江健三郎さんが加藤周一氏との対談（『世界』二〇〇三年一月号）で「私は北朝鮮には核があると思う」と語っている。同時に、「日本が北朝鮮を説得できる唯一の道は、（中略）アメリカの核の傘から（日本が）脱退する方向に、まず五年なら五年間、全力を尽くすという約束をすることしかないと思います」と提案している。炯眼の大江さんだから、そんなことを日本がするわけがないということを、おそらくは百も承知で話しているのだ。流れはむしろＭＤ強化か自主核武装論であろう。ロイのいうとおり、「考える力」を見つけなければならない。なにより、タカ派と長期的に「戦う力」を身につけなければならない。どのみち、別の人生は買えないのだから。

初出：「サンデー毎日」２００３年１月５・12日新春合併号。『いま、抗暴のときに』所収

動員と統制

このくには倖せになるどころか／じぶんの不幸をさへ見失った。

（金子光晴『IL』「歯朶」から）

なんということだろう。戦争のための動員と統制の法案が通るというのに、反対の声はうらさびしい秋の地虫の鳴き声にもおよばないとは。衆院本会議で可決されたときには新聞の号外もなければ、テレビの実況中継もなかった。いつぞやはたかだかW杯サッカーごときで号外をだし、このたびは「パナウェーブ研究所」なる埒《らち》もない白ずくめの団体をへリや飛行機まで繰りだして執拗に追いかけまわしたにもかかわらず、日本の命運を決める最重要法案にはまるで他人事のような態度だ。やはり、この国のマスコミは頭のいかれたクソ蠅集団なのである。衆院有事法制特別委員会で法案が可決された二〇〇三年五月十四日のニュース番組のトップ項目もおおかたはパナウェーブの一斉捜索についてなのであった。「電磁的公正証書原本不実記録」の疑いで捜査員二百五十人を動員、全国十二個所を家宅捜索だと?!　重篤の病はちんけな白装束集団などではなく、こんな益体《やくたい》もないことの取材・捜査に血道をあげるマスメディアや警察の異常にこそある。にしても、マスコミの手にかかるといったいなぜ事の軽重は見事なまでにひっくり返されてしまうのか。どうでもいいことを増幅して伝え、皆が真剣に考えるべき大切なことを隠してしまう、まるで目《め》眩《くら》ましのようなやり方を常套としているようだ。マスコミはそうするよう国家権力に委託でもされているのか。まさかそうではあるまい。マスコミのほうからわざわざ買ってでて、世間に暗愚の菌糸をばらまくのである。なぜなのか。私にはよくわからない。ただ今回、特別委で有事関連法案が可決されたとき、いい知れない虚無感のなかでいくつかの言葉が脈略なく胸をかすめた。その一つが冒頭の金子光晴の詩行。それから、病葉《わくらば》が一枚、枝からはらはらと舞い落ちるようにもう一つの言葉が浮かび、そして消えた。「ラセラスは、余りに、幸福過ぎたので、――不幸を求めることになりました」。永井龍男の短編『朝霧』にでてくるX氏がしばしば口にした台詞だ。人びとはいま、自分の不幸のわけさえ見失ったか、あるいはいままさに不幸をみずから進んで求めつつあるかのどちらかではないか。なにごとにつけ人はものに飽く。戦後ほぼ五十八年もつづいた非動員・非統制の幸せにさえついに飽いたのか。私は眼を疑う。人びとはいま、国家に動員され統制されることとなる法律をにこにこ顔で受け容れている。よく飼いならされた家畜のように。なんと愚かしいマスコミ。なんて愚かな世間。なんとばかげた国会。政府提出の有事関連三法案には出席した衆院議員四百七十七人のうち約九割もが賛成したという。これを称してファシズムというのだ。こうした無抵抗状況を受けて、民主党と法案修正交渉をした久間章生元防衛庁長官は「与党だけの過半数ギリギリで通るようだと、この法律に基づいて後々行動する人たちの士気にも影響する。そういう点でよかった。自衛隊員の士気だけでなく、有事の時にはあらゆるものが総動員だから」（五月十五日、アサヒ・コム）といいはなっている。あらゆるものが総動員。基本的人権なんて甘いことをいっている場合か、といった口吻である。いや、もともと有事法制と基本的人権が両立すると錯覚するほうがおかしいのであり、修正交渉は早くから自民党に取りこまれた民主党が体面を繕うための詐術にすぎなかったのだ。読者らは自民党の軍事オタクや日本版ネオコンたちのあの増長ぶり、あの気味の悪い笑顔を見たか。カンナオトの狡そうに泳ぐ視線に気づいたか。これからファシズムがはじまるのではない。おそらく、それはこの国ですでに大がかりにはじまっているのだ。徴候ははっきりしている。マスコミおよび民主、公明などの諸政党のあからさまな翼賛。「革新」の未曾有の衰退。富者というよりもっぱら貧者たちやリストラの犠牲者、非受益者層の多く、さらには一部革新政党支持者までもが、なんの報いもないのに、都知事選でイシハラに投票した摩訶不思議。憲法は改定する手前ですでに事実上扼殺されてしまっているではないか。図に乗った自民党憲法調査会は憲法改正草案の素案で、天皇を「元首」とし、首相に「国家非常事態命令」を発動する権限をあたえ、国民に「国家を防衛する義務」を課する旨を盛りこんだという（毎日新聞五月三日朝刊）。動員と統制の流れは明らかに水かさを増しつつある。いったいなぜこんなことになってしまったのか。北朝鮮の「脅威」だけで説明はつくのか。日本人拉致事件の発覚とそれを奇貨とした巧みな「公憤」の形成ということで眼前のファッショ的風景の絵解きはできるのか。じつに不思議なことだ。私の周辺にはこのファッショ状況を喜ぶ者は一人としていない。皆が眉をひそめている。同時に、ファッショと本気で闘おうとする者も一人としていはしない。「いやまったく困ったものですな……」と、どこか嘘くさく首を振りふり愚痴るのみである。そういった翌日には職場で精励恪勤《せいれいかっきん》。だれもが良心派を気取るけれど、発言になにかを担保することも、傷つけることも、傷つくこともない。かくして日常に潜むファッショ菌の総量は一向に減ることはないのである。戦後民主主義の醜悪なる死骸がいまもそここで腐臭を発している。この亡骸を早く片づけて、今日の大敗北を素直に認め、そのわけを必死で考えるべきときがきている。この国のどこか卑怯な湿土は昨日今日できたものではない。長い時間をかけて発酵、熟成されたとても手に負えない土壌なのだ。ほんとうに悲しいことだ。

この土質には卑小、卑劣な花しか咲かないとしたら。「じぶんの不幸をさへ見失った」と戦後慨嘆してみせた〝反戦詩人〟金子光晴だって、一九三七年には「戦はねばならない／必然のために、／勝たねばならない／信念のために、／／一そよぎの草も／動員されねばならないのだ」（「抒情小曲　湾」）などという戦争詩を、いかなる詩境においてか、まちがいなく書いていたのだった。どこまでも悲しい。日中戦争下、第一次近衛内閣が挙国一致、尽忠報国、堅忍持久を柱とする「国民精神総動員運動」を展開したのに呼応したのである。この土質はいまも基本的に変わってはいない。愛国心や日本の伝統、たくましい日本人、奉仕活動などを柱とする教育基本法の見直しも、北朝鮮への意識的な公憤の醸成も、新しい時代の「国民精神総動員運動」と化しつつある。きっとまたぞろ登場するであろう、「戦はねばならない／必然のために」などとうたうばか者が。いやすでに幾人か登場している。新聞は新聞で、私の予想のとおり、「よりよい有事法制を」などと真顔でいいだす記者まででてきた。そう発語する者たちの、戦前からつづく口臭。なんなら試しに嗅いでみるといい。「その息の臭《くせ》えこと」（金子光晴「おっとせい」）ときたら、ほとんど昏倒しそうだ。とまれ、皆さん、有事法制の可決おめでとう！

（五月十五日夜記す）

初出：「サンデー毎日」２００３年６月１日号。『抵抗論』所収

自分のファシズム

向かい合ふ監房虚《うつ》ろ走り梅雨（大道寺将司句集『友へ』から、ぱる出版）

私の場合、いい表そう書き表そうという気持ちがいま、ひどい腹立ちの火にじりじり灼《や》かれてしまっている。怒りに表現力が追いついていない。失意の量が表現する意欲を呑みこんでいる。いまだに収拾がつかない。散らかった心を容易に収拾して平静に戻るようではかえっていけない、それは現状の凄さに見合わない、とも思っている。やや恐慌をきたしている心もちのその底を注意深く覗きこむと、これだけ大きなことが起きているのだから、しばらくは情の奔流に理非を静かに弁ずる意欲が流されても許されるのではないかという甘えもあるようである。で、冒頭の一句（二〇〇〇年作）を想い出した。私は以前これを大道寺将司の作品のベスト三十にさえ入れていなかった。心を用いず飛ばして読んでいたのだった。いま、格上げである。大道寺は向かいあう無人の監房の闇に〈いない自分〉

あるいは〈いなくなった自分〉を座らせてじっと見ていたのだ。そんな当然のことがなぜわからなかったのだろうか。他人事ではない。まことに僭越ながら私はこの句集の「序」を受けもつ仕儀となり、「暗順応のように少しずつ見えてくるものがある。それは、無明の底で、精一杯思念し、悔い、詫び、怒り、憤り、身もだえて、たったひとり言葉を紡ぎつづける男の姿である。ここにこそ、底なしに深い魂がある。観照の磁場がある」と書いたはずではないか。丹田のあたりで惑い考えてこれをやっとのことでしたためたのに、いつの間にか喉仏の近くで浅くものを考えるようになってしまっていた。かつて天皇を爆破しようと企てたこともあるこの人物の句境の深みは、〈かつて……をしようとした〉とか〈過去に……をしでかした〉などという表面の履歴から直接にそびきだされたものではない。詩とはそんな安直なものではないということを私は知っている。ただ、作品がときおり見せる研ぎ澄まされた静謐というかエスキスの高い質といおうか……そうした高次の内奥もまた、この人によってかつて〈なされようとしてついになされえなかったことども〉の性質とまったく無縁かと問うなら、いや、そうでもなかろうと私は察するのである。とりわけ現在、ありていにいえば、有事法制が成立しこの国の反動が完成しつつあるいま、新たなファシズムが名実ともにやってきたいま、すなわち腐臭ふんぷんたる人糞の曠野が無辺際にうち広がるいま、大道寺らによってかつて〈なされようとしてついになされえなかったことども〉の実相は、たとえば鼻先の悪臭を撃退する手だての一つとしてでも、せめてもっと鮮やかに想い出されていい。私としては、加えて、彼の観照の方法を、学ぼうとしていっかな学びうるものではないけれども、それでも学ぼうとしなければならない。それは、向きあう闇の奥に〈いない自分〉または〈いなくなった自分〉ないしは〈いなくなるかもしれない自分〉を見つめること。氷の面に絵を描くようにそれは難しいことだろう。だが、怒りたぎる魂や希望よりは殺意ないし絶望で冷えた魂のほうが眼前の景色をより正しくとらえるものだ。凍てついた魂で予感するなら、このファシズムはなべてならず、じつに手ごわい。動員と統制の時代がくるなどと私はわかったようなことを書いたことがあるが、それは実際には一九三〇、四〇年代の再来とはずいぶん異なるだろう。石川淳の『マルスの歌』についても何度か述べてきたのだが、石川淳が三七年に耳にして嫌悪したような軍歌がそのままこれからうたわれるわけでもない。小田切秀雄のいうとおり「いままた近づきつつある戦後の新しい『マルスの歌』は、これまでの〝軍歌〟のような形をとっていない」（『私の見た昭和の思想と文学の五十年』上巻）のである。思えらく、これからの新しい「マルスの歌」とは、谷川俊太郎や長田弘の詩みたいに不気味なほど優しく、ときには「平和」という言葉をたくさん織りこんだ、およそ軍隊らしくない軍歌なのではないか。だから手に負えない。動員と統制といったって、すぐに強権を発動する単純なものではなかろう。戦争協力のための実質的義務規定を「国民保護」といってのけるように、言葉のすべては優しく巧みに裏返されコーティングされている。「国民に（戦争協力の）義務を課すものではないが、できるかぎり協力いただきたい」（フクダ官房長官）という猫なで声に恫喝の底意を聴きとる耳をもたないかぎり今日的ファシズムの様態はわからない。いまふうのファシズムには一見して「悪」が露出しないしかけになっている。フクダはこうもいった。「（国民の）権利の制限は、国および国民の安全を保つという高度の公共の福祉のために、合理的な範囲と判断されるかぎりにおいては『国民の権利については、公共の福祉に反しないかぎり、立法その他の国政の上で、最大の尊重を必要とする』という憲法の趣旨に沿ったものだ」。こうしたもってまわったいいかたに、頭にうんこの詰まった記者たちは手もなく幻惑されて、どうやら大丈夫らしいと判断、結果、大手各紙うちそろっての有事法制肯定の社説とあいなったのである。フクダにあっては「高度の公共の福祉」とは有事に対処すること、すなわち戦争なのである。だから、フクダの話は「公共の福祉＝戦争のために国民の権利は制限される」と解釈されなくてはならなかったのだ。新しいファシズムはかならずしも強圧的ではなく、「公共の福祉」の名の下に人びとに柔らかな合意をとりつけるそれである。石川淳が『マルスの歌』を書いたときのように、一部の知的サークルが「彼らのファシズム」として責任を他者に転嫁しえたような乱暴でわかりやすいそれではない。いまふうのそれとは、合意をたてまえとし、われ知らず内面化された「私たちのファシズム」である。それは、よく語る者たちへの幻想でささえられている。たとえば、ときたま九条改定不要、個人情報保護法反対のポーズをとってみせたりする声のでかい自称ジャーナリストだかキャスターだかがいる。彼はしかし討論番組のなかでアベシンゾウを大いにもちあげたり、自分の関係する大学にイシバシゲルやヤマサキタクらを招き入れて、有事法制の必要性、集団的自衛権行使の「当たり前」、憲法改定の「夢」などにつきいい調子で講演をさせたりするような多重人格性をもつ。なのに、議論は一応健全になされているという幻想を私たちはいだく。今日的ファシズムにあってはまた、とっくに賞味期限の切れた老ニュースキャスターが、いったい水だか酒だかわからない薄めすぎの水割りみたいな〝良心的〟言説でテレビという擬制を信じさせるという特徴ももつ。なんだかんだいっても彼は結局、国家意思への合意形成と抵抗の無力化に寄与しているのだが、それでも市民運動の一部は彼への幻想を捨てきれないという関係の補完性をもちもする。新しい「マルスの歌」はきっと国家から無理にうたわされる歌ではなく、私たちが心のうちでみずから口ずさむ、どこまでも優しい歌であろう。まずは怒りを殺したい。静かな心で暗闇に向かい、〈いなくなった自分〉を見いだしたい。奪われた意識の空洞にいまなにが居すわっているのか手探りしたい。自分のファシズムの質を知りたい。

初出：「サンデー毎日」２００３年6月29日号。『抵抗論』所収

3

不服従、抗暴、抵抗

さて、沈黙してクーデターを受け容れるか、声を上げて抵抗するか。
すぐそこで、終わりの朝が待っている。

コヤニスカッティ

あのテレビ映像を見ていたら、ついつい、映画『コヤニスカッティ』を思い出してしまいました。

フィリップ・グラスの鎮魂曲が、十数年ぶりに耳の奥で低く鳴り響きました。

悲しみと不安と、そして、裏腹に、快哉を叫びたくなる気持ちが胸にわきでてくるのを、どうしても、どうしても抑えることができませんでした。（友人K・Sの葉書から）

私には既視感があった。なぜだか、ずっと思いだせなかった。そうだった、あの映画だった。旅客機に突っこまれたニューヨークの世界貿易センタービルが、地響きたてて崩落する、これ以上はない大嘘のような光景。それが、ゴッドフリー・レジオ監督のドキュメンタリー『コヤニスカッティ』（フランシス・コッポラ協力）に重なったのだ。あれを、一九八〇年代にサンフランシスコと東京で都合二度観た。大都市のビルの取り壊しシーンばかりが、ひたすら繰り返される。栄華を誇っていた巨大構造物が、ダイナマイトで一瞬にして破砕され、醜い瓦礫の山と化してしまう。上空を絶え間なく雲が流れていく。高速度で影のように通りすぎていく人と車。たしか、ところどころにロケットの打ち上げ風景もあった。破壊は悲しいけれども、いっそ爽快で、ロケットはなんだか滑稽に思えた。

生々流転《しょうじょうるてん》というほど静かではない。やみくもにエネルギーを蕩尽《とうじん》しては、創造と破壊の両方に狂奔する人の世を、カメラは、嘆きも怒りもせずに、ほとんど虚無の眼で見つめていた。台詞もナレーションもスーパーインポーズもない。思いは、映像を見る者の胸にゆだねられた。サンフランシスコでは、スクリーンを見上げたまま、とめどなく涙を流している老婆がいた。あれは、喪の映像だったのだろうか。

K・Sの正直な表現は、マスコミの偽りの常識を標準にするならば、不穏当とされるかもしれない。だが、じつのところ、少なからぬ人々の偽らざる内心を表しているように私には思える。葉書には「多くの人の命を道連れに、米国の象徴的建物に突っこんでいったテロリストたちの、絶大な確信が哀しい」ともあった。同感である。いく千人もの罪もない犠牲者を悼む気持ちは、この場合、むろん、前提なのである。さはさりながら、私は別の思いを抑えることはできない。それは、ある種の絶望である。すなわち、テロリストの「絶大な確信」のわけと、米国に対する、おそらくは億を超えるであろう人々のルサンチマンの所以を、あの、C級西部劇の主人公のような大統領は金輪際考えてみようとはしないであろう、ということだ。

「コヤニスカッティ」とは、アメリカ先住民ホピ族の言葉で、「平衡を失った世界」という意味なのだそうだ。米国主導のグローバル化がいま、途方もない貧富の格差、環境・文化破壊を生み、グローバル化が進めば進むほど、逆にナショナリズムや原理主義が台頭するという反転現象が世界各地で起きている。まさに、コヤニスカッティなのである。グローバル化とは、「世界の米国化」の謂《いい》なのかと、われわれはここにきて気づきつつあるわけだが、件《くだん》のカウボーイ大統領は人々の怨嗟などまるで眼中にない。温暖化や人種差別反対などの国際社会の努力に対し、米国の利害のみを中心にして反対し、一方ではパレスチナを武力攻撃しつづけるイスラエルの強硬姿勢を、事実上、積極的に後押ししている。

このような人物から、世界の「善と悪」「文明と野蛮」について説諭され、指図されるくらい、不幸で不愉快なことはない。イスラム世界に偏頗《へんぱ》きわまる原理主義があるとしたら、ブッシュ大統領は、それにまさるとも劣らない米国原理主義者でなくて、いったい、なんであろうか。この男の標榜する、世界でもっともチープで身勝手で傲岸な「善」の側に、凝りもせずに身を置くこと、それこそが、さらなるコヤニスカッティを生むのである。保安官ブッシュの、極東における手下コイズミは、そのことを心すべきではないか。

テロリズムとは、こちら側の条理と感傷を遠く超えて存在する、彼方の条理なのであり、崇高なる確信でもあり、ときには、究極の愛ですらある。こちら側の生活圏で、テロルは狂気であり、いかなる理由にせよ、正当化されてはならない、というのは、べつにまちがっていないけれど、あまりに容易すぎて、ほとんど意味をなさない。そのようにいおうがいうまいが、米国による覇権的な一極支配がつづくかぎり、また、南北間の格差が開けば開くほど、テロルが増えていくのは火を見るよりも明らかなのだ。圧倒的な軍事力で激しく叩かれれば叩かれるほど、貧者による「超政治」として、あるいは弱者の戦略として、テロルはより激しく増殖していくはずである。だとしたら、ここは一切の感傷を排し、ニューヨークとワシントンにおける最初のスペクタクルを、より深く吟味してみるほうがまだ意味があるだろう。

あの同時多発テロにより損なわれたものとは、おびただしい人命のほかに、はたしてなにがあるであろうか。国家の安全、米国の威信と神話、絶対的軍事力の象徴、世界資本主義のシンボル……あるいはそれらすべての共同幻想……がことごとく、深く傷つけられた。だが、ハリウッドの監督たちも腰をぬかした、あの超弩級スペクタクルが意味したものは、それだけであろうか。私はもっともっとあると思う。

それは、仮構の構成能力、作業仮説のたてかた、つまりはイマジネーションの質と大きさにおいて、今回の事件を計画・策定したテロリストたちが、米国の（そして世界の）あらゆる映像作家、思想家、哲学者、心理学者、反体制運動家らを、完全に圧倒したということではなかろうか。世界は、じつは、そのことに深く傷ついたといっていい。抜群の財力とフィクション構成力をもつ者たちの手になる歴史的スペクタクル映像も、学者らの示す世界観も、革命運動の従来型の方法も、あの実際に立ち上げられたスペクタクルに、すべて突き抜けられてしまい、いまは寂《せき》として声なし、というありさまなのである。あらゆる誤解を覚悟していうなら、私はそのことに、内心、快哉を叫んだのである。そして、サルトルやジル・ドゥルーズがあれを見たならば、なんといったであろうかと、くさぐさ妄想したことであった。

初出：「サンデー毎日」２００１年10月7日号。『永遠の不服従のために』所収

ブタ

ブタですよ、彼らは。アメリカのタカ派は、中国やソ連に対して、つめもくちばしも持っている。日本のは、アメリカのタカ派が獲物を食い残したのをあさっているだけの、つまりブタですね。ブタが怒るだろうがね。（宇都宮徳馬氏の司馬遼太郎氏への話から）

小泉首相の面差しが、案の定、変わった。飲み屋の友人にいわせれば、あれは、すっかり「いっちゃった顔」なのだそうだ。目が据わってしまった。険がでてきたというか、勇ましくなったというか。変貌は、申し上げるまでもなく、同時多発テロ事件の二〇〇一年九月十一日からである。ご本人は、むろん、覚えていまいが、駆けだし記者時代に、彼の立候補を横須賀で取材したことがある。つまらなかった。いうこともご面相も凡庸すぎて、さっぱり原稿にならなかった。いま、立派になったのかといえば、そうではない。まだあのころのバカっぽさのほうがましであった。ま、無害だったから。いまはこの国にとり、明らかに有害になりつつある。

顔が変わったのは、戦争にやたらと血が騒ぐからであろう。だから、いわんこっちゃない、といまさら書いてもはじまらないけれども、もとから特攻隊が好きだったりして、要するにそういう人なのである。子どもっぽいといえばそうだが、一国の首相なのだから、たまったものではない。米軍の報復攻撃を後方支援することや、「情報収集」のために自衛艦をインド洋に派遣することなどを決めた七項目のテロ事件対応策を、九月一九日に発表したと思ったら、同二十一日には、海上自衛隊の護衛艦と掃海艇数隻に、作戦行動のため横須賀基地からインド洋に向かう米空母を、大した必要もないのに、史上はじめて、わざわざ護衛・随伴航行させている。作戦中の米艦船を自衛艦が護衛するのは、憲法が禁じている集団的自衛権の行使にはっきりと抵触しており、七項目の対応策のなかにも憲法違反の疑いの濃厚なのがいくつかある。小泉氏の引きつった顔は、「戦時」なのだから、とでもいいたそうだが、冗談ではない。米国の戦争が、すなわち、日本の戦争ではないのである。

小泉氏にとっては、集団的自衛権の行使を戒めている憲法が邪魔で邪魔でしょうがないようだ。首相就任前には、改憲して行使できるようにすべきだと放言してみたり、就任後は憲法解釈の範囲内で行使できるといってみたりした。いまは、愛する米国の（とくに保安官ブッシュの）ために、自国の最高法規を犯したくて、いてもたってもいられないという様子である。米空母の護衛は、その既成事実つくり以外のなにものでもない。

同時多発テロ事件後の小泉首相の言動は、明確な憲法九条および九十九条（憲法尊重擁護義務）違反であると私は思う。その首相が、九月二十七日の臨時国会所信表明演説で、だれが智恵をつけたか、憲法前文をことさらに引用して、あろうことか、米国の報復戦争に軍事的に協力することの、事実上の根拠としているのだから、いやはや、開いた口がふさがらないとはこのことだ。引用個所は前文の最後にあたる「われらは、いづれの国家も、自国のことのみに専念して他国を無視してはならないのであつて、政治道徳の法則は、普遍的なものであり、この法則に従ふことは、自国の主権を維持し、他国と対等関係に立たうとする各国の責務であると信ずる。／日本国民は、国家の名誉にかけ、全力をあげてこの崇高な理想と目的を達成することを誓ふ」である。

この前文をどう拡大解釈したら、海上自衛隊のイージス艦をふくむ「支援艦隊」を、インド洋の米軍作戦海域に派遣するなどという、でたらめな構想がでてくるのだろうか。「自国のことのみに専念して他国を無視してはならない」からか。バカも休み休みいえ、である。これはまったくの恣意的引用であり、見えすいた牽強付会なのだ。引用は、つまり、故意に前のパラグラフを抜かして、報復作戦を念頭に「各国の責務」のみを強調しているわけだ。首相の引用個所は、前のパラグラフの「日本国民は、恒久の平和を念願し、人間相互の関係を支配する崇高な理想を深く自覚するのであつて、平和を愛する諸国民の公正と信義に信頼して、われらの安全と生存を保持しようと決意した」という、第九条に通じる絶対平和主義の流れのなかでしか解釈が許されないはずなのである。道義のない報復戦争をやるべく、いきりたっている超大国を支援せよ、などとは、憲法のどこにも書いていないのである。

建前は天皇の絶対を認めておいて、実際には天皇を利用するだけの者らを、藤田省三は、名著『天皇制国家の支配原理』で、「天皇制的俗物」と呼んだ。小泉氏をふくむ靖国好きの自民党幹部の大半がこれにあたるが、同時に、彼らは、建前は憲法を認めながら、実際には恣意的にこれを利用し、無制限の拡大解釈をしようとするだけの「立憲制的俗物」でもある。時勢がいよいよ危ういいま、「いっちゃった顔」の純一郎氏の言動にはとくだんの注意が必要ではなかろうか。

にしても、靖国や特攻隊が大好きなこの国のタカ派連中は、同時に、どうしてこんなにも米国好きでいられるのであろうか。内向きには、米国なにするものぞといって胸を反らしたりしても、いざ訪米すると、お前はブッシュの幇間《ほうかん》かい、と首をかしげたくなるほど追随的になって、よせばいいのに、駅前留学一ヵ月程度の英語を口走ってしまったりする。リチャード・アーミテージ国務副長官という、知日派のくせ者は、そのあたりの、滑稽で哀しきタカ派の心性をよく心得ていて、日本の弱みにつけこんでは、今度の作戦では「日の丸」を見せてみろだの、集団的自衛権を行使できるように憲法をなんとかしろだのと、恫喝《どうかつ》をかけてきている。日本をまるで属国視しているような、こうした傲慢男の無理無体を、毅然と拒否できる政治家が、不幸にも、日本の現政権にはいない。逆に、アーミテージらの圧力により、米国の戦争への日本の加担は今後ますます深まりそうだ。憲法を武器に最大限の抵抗をするほかない。

冒頭の「ブタ発言」は、國弘正雄氏の「追悼――政治家・宇都宮徳馬」（『世界』二〇〇〇年九月号所載）からの孫引きである。故宇都宮・司馬対談は、一九七〇年に行われたらしい。米国の獲物の食い残しをあさる日本のタカ派ブタは、それ以前も、その後も、いまも、やせたの肥ったのたくさんいて、ときどき、ブヒブヒと奇妙な英語で鳴いている。

初出：「サンデー毎日」2001年10月14日号。『永遠の不服従のために』所収

善魔

おお、堪《た》えがたき人間の条件よ。
一つの法則の下に生まれながら、他の法則に縛られて、
虚しく生まれながら、虚しさを禁じられ、
病むべく創られながら、健やかにと命ぜられて、かくも相反する法則によるとせば、
自然の意味とは、そも何か。（フルク・グレヴィルの戯曲「ムスタファ」から）

この詩を、私は埴谷雄高著『罠《わな》と拍車』のなかの「自由とは何か」で知った。文中、埴谷はこれを「私が古くから愛好しているブレークの詩」として紹介している。学生時代に読んで以来、埴谷がそう記しているし、私は不勉強だから、当然、ウィリアム・ブレークの詩だとばかり思いこんできた。ところが、今回、ブレークを調べてみたら、まだ調べたりないのか、この詩がなかなかでてこない。意地になって追いかけていたら、ブレークよりはずいぶんマイナーな作家、グレヴィル（一五五四〜一六二八年）の作品であることがわかった。ブレークがこの詩を引用したのか、単純に埴谷雄高の勘ちがいなのかは、依然、不分明である。

　そんなことは、しかし、どうでもいい。記憶力のあまりよくない私が、この詩にかぎっては、おぼろではあるものの、ほぼ三十四年間も胸の底の薄暗がりに、なんとなく言葉を残してきた、そのことにわれながら驚く。正確にいえば、「おお、堪えがたき人間の条件よ」と「病むべく創られながら、健やかにと命ぜられて」の二つのフレーズだけを忘れずに生きてきた。たぶん、私は、大いなる矛盾を露呈する時代のときどきに、「おお、堪えがたき人間の条件よ」と嘆息し、「病むべく創られながら、健やかにと命ぜられて」と、心のうちで、この世の成り立ちを呪ってきたのだ。だが、いま振り返れば、それまでの嘆息にも呪詛《じゅそ》にも、まだなにがしか余裕があった。そうなのだ。世界は、かつても、人間が病まずにはいられないようにしつらえられていたけれども、いまほどひどく悪辣《あくらつ》ではなかった。

　ニューヨーク・タイムズの社説によれば、世界史は、あの同時多発テロの「前」と「後」に、つまり、B.C.とA.D.みたいに、「9・11前」か「9・11後」に分かれることになったよしである。まことに独り善がりで傲岸な新史観ではあるが、私の眼には、世界は9・11

後こそ、9・11前の千倍も狂気じみて、かつ愚かになったとしか見えない。なぜかというと、9・11を境に、ブッシュというとんでもない「善魔」が、あろうことかあるまいことか、善と悪、文明と野蛮について、世界中に偉そうな説教を垂れ、絶大な武力を背景に、史上最悪の〝善〟の強制的グローバル化を開始したからである。それに腹をたてたとき、私はまたぞろ、「おお、堪えがたき人間の条件よ」を思い出したわけだ。

「善魔」という言葉を、私は、だいぶ以前、ある日本人神父から聞いた。身勝手で薄っぺらな「善」を、むりやり押しつける者を意味する造語で、神父は「悪魔よりも程度がわるく、魅力がない」と吐き捨てるようにいったものだ。彼としてはヴァチカンを批判したかったのかもしれないが、いまや世界最大の「善魔」とはローマ教皇庁などではなく、ブッシュを頭目とする米政府なのではないか。私は、正直、この「善魔」大統領と彼に手もなく仕切られている世界が不快でならない。ベトナム戦争当時より、湾岸戦争のころより、米国の唱える「善」には、今日、厚みも道理もなく、よくよく考えれば、それは限りなく悪に近いのである。

包み隠さずうち明けるならば、面相からして、私は「善魔」ブッシュよりも（もちろん、子分の「小善魔」コイズミよりも）、「悪魔」ウサマ・ビンラディンに万倍も人間的魅力を感じる。いま、どちらと会って話したいかと問われれば、いわずもがな、後者なのである。前者には、「病むべく創られながら、健やかにと命ぜられて」の意味が、どうあっても理解できないであろう。病むべく創っておきながら、健やかにと命じているのが、ほかならぬ、「善魔」たちだからである。米国に対する外部世界の計り知れないルサンチマンとは、米国が世界を私物化しようとし、まさに人が病むほかないシステムをつくる一方で、米国式正義を強いてくるから、生じているのではないか。

いま、つくづく思う。米国ほど戦争の好きな国はない。一七七六年の独立以来、対外派兵がじつに二百回以上に上り、しかも、原爆投下をふくむ、非人間的作戦行動のほとんどについて、これまでに国家的反省をしたことがない。にべもなくいうなら、人類史上最大の戦争国家なのである。二百回のなかには、たとえば、グレナダ作戦（一九八三年）というのがある。グレナダ政権内の親ソ連派クーデターに怒った米国が、七千人もの部隊を動員して侵攻、クーデターを鎮《しず》め、首謀者を逮捕した。マスコミは挙げて米特殊部隊を英雄扱いした。私は、当時、カリフォルニア州に住んでいて、この作戦成功に米国中が異様なほどわき返るのを、おののきふるえて見つめたものだ。なぜって、グレナダの人口は当時、たったの九万人ほど。軍隊などといっても数百人くらいの、弱っちい貧乏国だからだ。勝ったからといって、決して威張れるような相手ではない。この点、米政府の好戦的官僚は、一般に羞恥心というものをもたない。一九九三年からのソマリア作戦もひどかった。

壊すだけ壊し、殺すだけ殺して、なにもつくれずに撤退した。後は頰被《ほほかぶ》り。同年の暑い夏、ソマリアで取材したから私は知っている。米軍はただの〝壊し屋〟だった。

いままた、米国とその同盟国は、象千頭で蟻十数匹に襲いかかるような非道をはじめつつある。ブッシュ大統領の以下の言葉は、米国を唯一無二の善とした、ただの脅しでしかない。「世界のあらゆる地域のあらゆる国家が決断しなければならない。われわれとともにあるか、さもなくばテロリストといっしょになるかだ」（二〇〇一年九月二十日、上下両院合同会議での演説）。なにも好きこのんで人々がテロリスト側にくみするわけがない。さりとて、ブッシュの語る「善」の側に立つのは、「堪えがたき人間の条件」なのである。

初出：「サンデー毎日」2001年10月21日号。『永遠の不服従のために』所収

非道

世界はかように動揺する。自分はこの動揺を見ている。けれどもそれに加わる事は出来ない。自分の世界と、現実の世界は一つ平面に並んでおりながら、どこも接触していない。そうして現実の世界は、かように動揺して、自分を置き去りにして行ってしまう。甚《はなは》だ不安である。（夏目漱石『三四郎』から）

それは、あまりにも暗く、悲観的な近未来映画だった。記憶がまだらになってはいるけれど、夢ではなかったと思う。何年も前に、たしか、旅先のベルリンのホテルで、暗澹としながら観たはずだ。英国放送協会（ＢＢＣ）の制作だった気がする。タイトルは、これも不確かだが、「二〇二五年」ではなかったか。

映画によれば、というより、私の朦々《もうもう》たる記憶によれば、二〇二五年ごろ、世界はいまと一変して大動乱の最中にある。西も東も、すさまじいばかりの不況である。西欧にはおびただしい難民が押し寄せてきている。難民らはしばしば暴徒化し、兵士が機関銃を乱射して鎮圧したりしている。経済的利害をめぐり、ＥＵと米国は、ぬきさしならぬほどの敵対関係となっている。米国はといえば、ホワイトハウスにぺんぺん草が生えっぱなしというくらいの没落ぶりで、大統領は、これまでのコーカソイド（白色人種）ではなく、人口伸び率の高いヒスパニク系から選ばれている。中国は泥沼の内戦中である。北京政府と広東だか上海だかの地方政府が軍事衝突しており、難民が週に数万単位で、海路、日本をめざしてやってくる。その日本だが、そのころには本格的に軍国主義化していて、海軍力まで動員し、難民排除の水際作戦を展開している。とにもかくにも、全編、希望の光など毫《ごう》もないという未来予測ではあった。と、ここまで書いて、やや気後れしてくる。記憶が混濁しているか、脚色されているか、どちらかではないか。あれは、やっぱり、夢だったか……。

でも、実際の話、あと四半世紀ほどしたら、世の中はどう変わっているのだろう。米国はひきつづき世界の覇者をもって自任し、相も変わらず威張りくさって、ああしろこうしろと、各国に号令をかけているのであろうか。おそらく、そうではあるまい。これは単に私の勘でしかないのだけれども、ほぼ「二〇二五年」の予測のとおりに、米国は見る影なく没落しているのではないだろうか。アフガニスタンに対する非道この上ない爆撃がはじまったとき、私はそう直観し、直観が当たるのを心の底から願ったことである。とまれ、米英によるアフガン爆撃は、長期にわたる世界の動乱要因を決定的にこしらえた。

私としては、いまや、欧米の民主主義を根本から疑わざるをえない。たった一発分の金額で、飢えたアフガン難民数万人がしばらく腹いっぱい食うことができるほど高価な巡航ミサイルを、連日、何十発も、情け容赦なくぶちこむことのできる米英の〝知性〟をまのあたりにして、私はつよく念じた。この〝知性〟は一日も早く滅びたほうがいい、と。すさまじい爆撃と同時に、食糧や薬品を空中から投下した米国式の〝慈愛〟を見て、私は思った。ああ、なんという思い上がりであろうか。彼らは無残に人を殺すかたわら、同じ手で人命救助をすることが、人道的だとでも思っているのか。人を激しく殴りいたぶる一方で、優しくなでさすることが、人間的だとでもいうのか。このような傲慢きわまりない〝慈愛〟こそが、じつは、同じ種である人間への、計り知れない侮蔑であり、差別であることに、なぜ気がつかないのであろうか――と。こうした「理念の不在」も、世界の新しい動乱要因となっているのではないか。

報復攻撃に参加している米英を中心とする金持ち列強がいま、連中の誇る精密誘導兵器を駆使して、着実になしとげていることがある。それは、テロの根絶などではさらさらなく、じつのところ、テロの育成なのだ。すなわち、理不尽な爆撃を重ねることで、アフガン住民、ひいてはイスラム世界、そして、南の貧困諸国住民の多くが心のうちにもつ「怨《おん》念《ねん》の種子」を刺激し、次々に出芽させてしまっているということである。それらは、憎悪の人間爆弾と化して、いずれの日にか、米欧列強に（ひょっとしたら日本にも）、またぞろ不意の暴力としてぶつかってくるはずである。「不朽の自由」という名のおぞましい作戦が、日々に拡大再生産しているもの。それは、南の貧困層の北の受益者層に対する「不朽の怨み」なのであり、世界の動乱要因なのだ。

　ところで、保安官ブッシュの力説する「テロの根絶」の語感が私には気になってしかたがない。ナチズムの「最終解決」の語感となにやら怪しく響き合うのである。ブッシュという男は、テロリストというほとんど無限定の可変的概念を、自分とは異なった血をもつ、〝異なった種〟かなにかだと思いこんでいる節がある。反米主義者ならばだれでも、テロリストまたはその予備軍と決めつけている気配もある。そして、その〝異なった種〟をその信念ごと、ナチスの発想さながらに、物理的に抹殺できるものと信じているようだ。ユダヤ人はガス室で、テロリストは精密誘導兵器で、というわけか。換言すれば、「不朽の自由」作戦は、その倒錯の質において、ナチスのユダヤ人に対する「最終解決」の実践と、どこか似ているのである。この作戦の背後には、頑迷無比なシオニストたちがいるといわ

れているけれども、人というのは、まことに過去に学ばないものだ。で、この無知蒙昧にして倨傲《きょごう》の大統領閣下は、次のようなことにまったく気づくということがない。大別すると、テロリズムには、国家に対するそれと、国家によるそれがあって、自身がいま、アフガンの人々に対する紛《まが》うかたない国家テロリストの頭目となっていること、に。反国家テロリズムと国家テロリズムとでは、犯罪とその被害の規模がまるで桁《けた》ちがいであることは、いうをまたず、後者による圧倒的な殺傷が、前者の発生源ともなる。世界でもっとも富裕な国々が、よってたかって、世界でもっとも貧しい、国ともいえない国を撃つ。それこそが、最大のテロであり、未来へと引きつづく動乱要因なのである。

えっ、冒頭の引用の意味はなにかって？　すっかり、忘れていた。今回は、まあ、苦しまぎれの語呂合わせみたいなものである。でも、きょうびは、「近代人の孤独」もへちまもありはしない。「世界の動揺」を拱手《きょうしゅ》傍観している場合ではなかろう。アフガン攻撃反対の声を、精一杯上げるほかない。

初出：「サンデー毎日」２００１年10月28日号。『永遠の不服従のために』所収

敵

もし悪が他の悪を除去するために必要ならば、この悪の鎖は一体どこで終りとなるのか？
（H・R・ジョリッフ『ギリシャ悲劇物語』の序説から　内村直也訳）

いっとき、私もそうしたい誘惑にかられたけれども、あの男の、およそ深みのある物語など想起させはしない、どこか下卑た面相を思い出しては、手びかえてきたのだった。ジョージ・W・ブッシュを、試みに、ソフォクレスの『オイディプス王』になぞらえてみること。乱暴な話ではある。でも、いずれ、だれかがやるのではないかと予感していたら、やはり、でてきた。栗田禎子さんが、『テロを支援するシステム、国家』の正体」（『現代思想』二〇〇一年十月臨時増刊号）のなかで、いみじくも記している。「今回、ブッシュ大統領が……テロの犯人を『草の根分けても』探し出す決意を表明する映像が流されるたびに、筆者が感じるのは、『オイディプス王』を読む時と同じ、あの独特の不安感である」と。

栗田さんの論考は炭疽菌騒ぎ以前にしたためられたようだが、九月十一日のテロだけでなく、あの不気味な白い粉を念頭におくとき、ブッシュ＝オイディプスの牽強付会は、妙な現実味を増すのである。それは、オイディプス王の支配する国には疫病が荒れ狂っていて、ある殺人者を罰することにより、その疫病がおさまるという神託が告げられるところから、この悲劇の妙所がはじまるためだ。当然、犯人逮捕こそが、国家の喫緊《きっきん》の要事となるが、ある日、盲目の予言者が登場して、オイディプス王にいうのである。

「あなたが捜している下手人、それはあなたご自身ですぞ」

予言者はさらにいう。「あなたの敵は、あなたご自身なのです。」そう、米国の真の敵は、米国自身である。まっとうな論者たちは、いまも昔も、そう主張している。ソフォクレス流にいうなら、ブッシュはいま、CIA長官でもあった父親やかつての大統領たちから継いだ、米国の、いわば〝世襲的罪〟と戦っているのであり、また、『オイディプス王』の啓示するところによるならば、アフガニスタンに対する報復戦争劇は、ブッシュの思惑とはまったく逆に、米国にとって9・11テロや炭疽菌騒ぎ以上の、悲劇的終幕へと向かわざるをえないはずなのである。

世襲的罪とはなんであろうか。それは、米国がもっぱら自国の利益のために、世界のあちこちに蒔いてきた、争いの種子である。米国が血まなこになって捜しているウサマ・ビンラディンその人が、冷戦期に、反ソ連・テロリストとして米国によって育てられた事実はいまさらいうまでもない。「わが国の敵は、自由な人々が、自分が好きなように生きることを否定しようとするテロリスト組織と国家の地球規模のネットワークなのである」（ラムズフェルド国防長官）というときの、その組織や国家とは、あたかも米国そのものなのであり、実際、その出自において、米国となんらかの関係をもつテロ組織が世界には驚くほど多い。米大統領たちが代を継いで重ねてきた世襲的罪とは、米国の、米国による、米国のためのテロの育成でもあったのだ。

米国は、オイディプスがあの「三叉路の殺人」を忘れたように、数多くの殺人を失念している。あるいは忘れたふりをしている。一九六〇年代にCIAがサウジ王制と結託し、中東各国の民主的運動を弾圧するためになにをやったか。イスラエルによるパレスチナ攻撃、虐殺行為をいかに裏から支援してきたか。ちょっと古いけれど、ベトナム戦争中、いわゆる「ベトコン狩り」を目的として南ベトナム軍・警察を動員して、大がかりなテロ工作（フェニックス作戦）を展開し、いかに多くの一般住民を殺したか。そのほか、グレナダ左翼政権の転覆、パナマ侵攻、ニカラグア介入、チリのアジェンデ人民政権への介入……などなど、枚挙にいとまがない。

米国が方々に蒔いた悪い種が、出芽し、生い茂り、その怨念の蔓《つる》はめぐりめぐって、いま、米国の首を絞めあげるに至っているといってもいい。米国よ、お前の敵はお前自身なのだ——といういい方は、たしかに、まちがってはいないのだ。だが、よくよく考えてみれば、ブッシュはやはり、オイディプスではない。すべての真実を知ったオイディプス王は、みずからの手で両眼をえぐり取り、われを追放せよと叫びつつ、号泣したではないか。これは、とてもではないが、ブッシュの役柄ではない。オイディプスはその後、盲目のさすらい人となり、ありとあらゆる苦悩を経験することになる（『コロノスのオイディプス』）けれども、これまたいうもおろか、ブッシュからは想像もつかない。

米英両軍がアフガン空爆を開始してから、一ヵ月以上の時をへた。ビンラディンの身柄拘束とテロ組織アルカイダの撲滅という当初の〝限定的〟な作戦目的は、本稿執筆時点で達成されておらず、常軌を逸する猛爆がただ恒常化しつつあるのみだ。ユニセフによれば、食糧援助が行き渡らない場合、この冬、十万人以上の子どもが餓死するという。北部の山岳部などで、避難民九十万人が、餓死ないし凍死する恐れがあるという情報もある。国内避難民は、このまま空爆がつづけば、最大で六百万人になると予想されている。

こうした国の体すらなさない嘆きの大地に、猛烈な爆発力をもつクラスター爆弾を撃ちこみ、最近では、小型核兵器並みの破壊力がある燃料気化爆弾（BLU82）まで投下したというのだから、米英軍というのは、いったい人間の神経を有しているのか、まことに疑わしい。BLU82の場合、一キロ四方を真空状態にし、人間が洞窟や建物のなかにいても、爆弾が酸素を燃焼しつくすため、窒息死するか急激な気圧の変化によって内臓破裂で死亡してしまうという。

ブッシュはだれと戦っているのだろうか。どれほど殺せば、気がすむというのか。私の眼には、ブッシュの敵は、タリバンなどではなくて、やはり、ブッシュ自身であるように見える。ただし、彼は、オイディプスではありえない。ブッシュには語るべき物語がないからである。彼は他者の物語を、米国の基準で、抹殺しようとするばかりなのだ。ビンラディンには、たとえそれが悪であるにせよ、聴くべき物語がありそうだ。

初出：「サンデー毎日」２００１年11月25日号。『永遠の不服従のために』所収

クーデター

朝　玄関の戸を開けると／世界は終わっている／きみはさしずめ用のなくなった身／さてこれからどうすればいい？／（中略）／きみもすでに終わっているか／終わっているというなら／きみはあらかじめ終わり／世界はあらかじめ終わっていた／戸はあらかじめ消去されていた／朝もなく　ゆうべもなかった（高橋睦郎「朝」から『ユリイカ』一九九九年二月号）

日本でクーデターがはじまりつつある。比喩的にも象徴的にも、そしてある意味で、実質的にも。事態はさし迫っている。

ハナミズキの咲き競う卯月のよく晴れた某日のこと。私としたことが相当に無粋なことをした。有事法制三法案すなわち自衛隊法改正案、武力攻撃事態法案、安保会議設置法改正案を改めて通読してみたのである。いやはや、聞きしにまさる悪文であった。新聞読者いや新聞記者の0・一パーセントだって全文は読んでいないであろう、この目の玉も腐るほどの悪文が、じつは曲者である。文章がいかなる風景も立ち上げないものだから、危機が日本語ならぬ国家語のなかに沈みこんで、よくよく注意しないとなにも見えてこない仕掛けなのである。熟読されないことがおそらく計画的に前提とされているこの法案は、そうであるがゆえに、ムネオの不正やヤマサキの愛人話で世間の劣情が大いに刺激されるなか、さして激しい抵抗も受けずにこの国の命運を大きく変えていくはずである。つかえつかえ読み進むうち、どこからか風に乗って淡いラベンダーの香りが部屋にしのびこんだようだ。そのとき、ふと思った。これは法案というより、クーデター計画書ではないか、と。

そんなばかな、と笑う人は大いに笑えばいい。クーデターとは、もともと「国家への一撃」という意味のフランス語で、支配階級の一部が自己権力をさらに強化するため、ないしは他の部分がもつ権力を奪取するためになされる支配層内部における権力の移動のことである。一般的には、軍隊、警察などの武力による政権の転覆という形をとり、権力奪取後は、戒厳令施行、議会停止、言論統制、反対派弾圧などの抑圧政策をとることが多い。有事法制は国会審議にふされているのであるから、クーデターであるわけがないといわれそうだ。しかし、無血クーデターということもある。それに、三法案は平和憲法をいただく国家への大いなる一撃であることも疑いない。タカ派の支配階級が有事法制により自己権力を強化しようとしている面もあるし、言論統制や私権の制限、地方自治権の否定も案文段階でつとに明白である。なによりも、有事法制は憲法第九十八条に違反どころか、これを軍靴で踏みにじろうとしている点が、まさにクーデター的なのである。

「この憲法は、国の最高法規であつて、その条規に反する法律、命令、詔勅及び国務に関するその他の行為の全部又は一部は、その効力を有しない」と、九十八条は明記しており、有事法制はいかなる審議過程を経ようが、最高法規の条規に真っ向から反対している以上、国会で可決されたとしても「効力を有しない」はずである。また、最高法規である憲法が「天皇又は摂政及び国務大臣、国会議員、裁判官その他の公務員は、この憲法を尊重し擁護する義務を負ふ」（第九十九条）という以上、有事法制の国会提出自体が、理の当然、憲法擁護義務違反ということとなる。ところが、コイズミらは憲法違反など屁とも思ってはいないのだ。下位法である有事法制を最高法規である憲法に優先させ、憲法改定のはるか手前で、事実上の「無憲法状態」をつくろうとしているのだから。これすなわち、クーデターでなくてなんであろうか。

三法案のなかでもっとも大部の自衛隊法改正案は、現行法制度の徹底的な破壊といってもいいほどの恐ろしいしろものである。これは、有事には一切の平時の法制が効力を失うといっているに等しく、よく読むと、改正案の全編にわたって大規模戦闘や多くの死者が想定されていることがわかる。たとえば、「墓地、埋葬等に関する法律の適用除外」という項目がある。なにかと思えば、有事で出動した自衛隊員が死亡した場合、その死体の埋葬、火葬については同法律を適用しない、というのだ。墓地、埋葬等に関する法律は、墓地以外の区域での埋葬、火葬場以外の施設での火葬を禁じているが、有事には戦死者の処分を自衛隊が独自でやりますというわけだ。この伝で改正案は有事における自衛隊に対する現行法の適用除外と特例を仔細に定めている。これには港湾法、土地収用法、森林法、道路法、自然公園法、都市緑地保全法など数多くの法律がふくまれ、有事に出動した自衛隊の部隊が移動・展開したり「防御施設の構築」などをしたりする場合にはすべて適用されないとしている。

武力攻撃事態法案の注目点は、国民には戦争に協力する努力義務があるとうたっていることであり、さらに、「国民の自由と権利」に「制限が加えられる場合」を想定していることである。制限は必要最小限ともいうけれども、歯止めの基準などはなにもない。そして、事実上、戦争協力が義務づけられる機関としてNHKなどの名前が具体的に明記され、運輸、通信、金融、エネルギー各部門も「必要な措置を実施する責務を有する」とされている。文言はソフトだが、本質は、日中戦争に際し人的および物的資源を統制し運用する一切の権限を政府にあたえた国家総動員法（一九三八年公布）とどこか似ているのである。三八年ではなく、平和憲法下のいま、これだけの有事法制を整備するというのだから、

「備えあれば憂いなし」どころでなく、静かなるクーデターと見ておいたほうがいいだろう。首謀者は、むろん、コイズミである。この男のいう構造改革とは、政治、経済のそれではなくして、平和構造の戦争構造への「改革」であることがいまはっきりしたといえるのではないか。コイズミ政権がなしとげた唯一の「貢献」とは、国民に対するものではなく、米国の戦争政策への全身全霊をささげた〝売国〟的協力でしかなかった。ウンベルト・エーコはかつて語った。ムッソリーニにはいかなる哲学もなかった。あったのは修辞だけだ、と。コイズミにあるのも、安手のレトリックのみ。さて、沈黙してクーデターを受け容れるか、声を上げて抵抗するか。すぐそこで、終わりの朝が待っている。

初出：「サンデー毎日」２００２年５月19日号。『永遠の不服従のために』所収

Kよ

まだ子どもが遊んでる。もう潮風も少し冷たくなってきた。
遠い昔、能代の浜で遊んだあの小さなやさしい波がここにもある。
この海がハイファにもシドンにもつながっている、そしてピジョン・ロックにも。
もうちょっとしたら子どもはいなくなるだろう。
(檜森孝雄の遺書から『創』二〇〇二年六月号所載)

Kよ。檜森《ひもり》孝雄というパレスチナ支援の活動家が焼身自殺をしたことを知っているか。二〇〇二年三月末の土曜の暮れ方、彼は日比谷公園・かもめの広場で、ひとしきり派手な焔《ほむら》のダンスを踊った。智慧の火で煩悩の身体を焚くように。あるいは、老いた魔術師の最期の芸のように、ぼうぼうと燃え、くるくると舞ったのだ。やがて、真っ黒の襤褸《ぼろ》か消し炭のようになって、うち倒れた。享年五十四歳。いや、知らなくたっていいんだ。知ったって憂鬱になるだけだし。ただ、もしもいま、君と会えて酒でも飲めたならば、ぼくはこのことをかなり熱心に話しただろう。檜森の自裁を聞いたとき、檜森と同じく、ぼくにも紅蓮《ぐれん》の焔の内側から、束の間だけれども、くねり踊る焔を通して、赤く揺らめく世界が見えたのだ。その奇跡を、なんとか君に伝えようとしただろう。檜森孝雄はぼくの淡い知りあいの親友だった。たとえようもなく心優しい男だったと聞いた。そのことはさして重要ではない。ハイファもシドンもピジョン・ロックも知らなくていい。自死をぼくは美化しない。大事なのは、火焔の外側ではなく、自身の肉を焼け焦がす火焔の内側から、(ぼくの場合はただの錯視かもしれないのだけれども)ぼくらの世界をかいま見たということだ。そのとき、ぼくは炎のなかで憎しみの沸点を見失い、すぐに引き替わって、世界に対する澄明で安らかな殺意が身内に満ちるのを感じた。それで、とても静かになれた。君は信じないかもしれないが、かつてなく虚心になった。檜森の自死にいかなるメッセージがあったか、なかったか、つまびらかではない。イスラエル軍によるパレスチナ民衆虐殺への抗議、米国の暴虐への怒り、日本のファッショ化への絶望。そうした気分はないわけがないし、むろん、それらだけでもなかっただろう。怒りを買うのを承知でいえば、ぼく個人としては、委細は知らぬが、うん、ころあいだな、とは思った。時宜にかなっている、と。わが身に引きつけるなら、なんのかんばせあって、平気で笑って生きていられるのだ。まっとうなら、とうに死んでいる。ないしは、すでに死んだ生をそれと知って生きている。そう思いなすほかない。Ｋよ。若い君にとって、檜森の死は、たぶん、遠い遠い芥子粒《けしつぶ》のような風景であるにちがいない。それはいたしかたのないことだ。世界とは、少なくとも初歩的には、それぞれの人間の個人的事実（事情）からしか眺めることのできない、やっかいななにものかなのだから。多くの人の死や多くの人の死の可能性をよそに、日常を何気なく生きてしまうことで、君がいちいち咎《とが》められるいわれはない。ぼくは咎めない。庇《かば》う。ただ、ぼくはぼく自身とぼくの世代およびそれ以前から生きながらえてきたこの国の人間の大半を、いま、とても庇う気になれない。いや、世代で断じてはならない。いいかえよう。ぼくはぼく自身およびぼくとともに世界の病に気づき、それを語ってきたのに、いますっかり忘れたふりをしている者たちに寛容ではいられない。彼らのなかにはマスコミ企業の中枢にいる者が少なくない。その者たちは、Ｋよ、君らが知ろうとしてもなかなかつかめない言葉の、独特の語感を知っている。あるいは追体験的に知っているはずだ。知らないとはいわせない。新聞、通信社、放送局、出版社の社長どもは、もっとよく知っている。翼賛、治安維持法、レッドパージ、転向、裏切り、日和見、反動……。現在の有事法制も、これらの忌《い》むべき語感系列にある。それらを忌み、拒み、軽蔑し、抵抗すること。それは、全部ではないがかなり多数のまともな記者やディレクターや職員にとって、かつては常識であった。どうか信じてほしい、最低限の作法でさえあったのだ。逆に、抵抗もしないことは恥とされた。それをいま、年寄りどもは知らぬふりをきめこみ、尻の孔のように薄汚い眼つきをし、臭い息を吐き吐き、経営効率、コストダウン、人員削減、独立採算、販路・部数拡大、視聴率アップのみを呼号し、裏では組合のダラ幹ども（ああ、これも君の知らない語感だね）と下卑た笑いを浮かべて談合をつづけている。有事法制など、どこ吹く風なのだ。Kよ、なぜかわかるか。ジャーナリズムの理想（ぼくは信じてはいないけど）が本気で称揚されたら、たちまち彼らの居場所がなくなるからだ。ジャーナリズムの理念を裏切りつづけてきた彼らには、本能的にそれがわかっている。だから、理念を嗤《わら》い、抑えつけ、どこまでも権力に迎合する。ファシズムの悪水は、政府権力からだけではない、戦前、戦中同様に、マスメディアの体内からも、どくどくと盛んに分泌されているのだ。

そのことと檜森の自殺がどう関係するのか、君はいぶかっているにちがいない。Kよ、見えたのだよ。彼の死によって喚起された焔《ほむら》立つ幻視の向こうで、高笑いしている連中の顔が。それはゴヤの一八〇〇年代の版画「妄」シリーズによく似た、鋳《い》つぶしたような人間の顔だった。おぞましい妄の顔、顔、顔。そのなかにぼくのもあったかどうか。あったような気もするし、なかったような気もする。ただ、ぼくは坦懐になった。憎悪の沸点が消え、これ以上ないほど静謐《せいひつ》な殺意がぼくを落ち着かせてくれた。檜森の死の風景はあまりにも寂しい。惨めだ。その対極に、底の底まで腐敗した妄の顔の持ち主たちの、下品な高笑いがある。両者はなんの関係もない。ぼくが無理に付会しているだけだ。でも、どちらに狂気があるのか、ぼくは考える。どちらが人として真剣に悩んだか。どちらが弱い者の味方をしたのか。どちらが戦争の時代に抗ったか。答えは見えている。Kよ。君よりだいぶ年長の、〝気づいている者〟には、いま重大な、きわめて重大な責任がある。Kよ。ぼくは君の個人的事情は大いに認めるけれど、〝気づいている〟はずの君の上司たちの個人的事情など認めはしない。彼らの嘘臭い憂い顔も、むろん。Kよ。賢い君がいまひどく悩んでいることをぼくは知っている。つらいから、ときに眼を閉じ、耳をふさいで仕事していることも知っている。ぼくはもう君に対し過剰な批判はしないだろう。静まったのだよ。火焔の錯視で、かえって平静になった。悩むかぎり、ぼくはずっと君の味方だ。君はぼくの味方でなくていい。冒頭の遺書の語感を、君ならばきっと好いてくれるだろう。それが嬉しい。信じられる。

初出：「サンデー毎日」２００２年5月26日号。『永遠の不服従のために』所収

抵抗

さもなければ／この闇の誘惑から／逃れられるものとてなく　眼は／見出すだろうわれわれが／われわれ以下になり下がったのは／ただわれわれのせいだと。何も言わない。こう言う――／われわれの生はまさしく／そこにかかるのだと。
（ポール・オースター詩集『消失』の「信条」から　飯野友幸訳）

たぶん高度の試薬だったのである、これは。民主主義の外皮をまとった抑圧的な政治と「民主主義的専制」の愚昧を検知するための。はたして、なにかが鮮やかに析出された。それは、民主主義は民主主義を破壊するというパラドクスであった。つまりこういえるだろう。形骸化した民主主義は本質的な民主主義を圧殺する、と。あるいはこうもいえよう。ファシズムはいま民主主義的にコーティングされつつある、と。

横浜市議会の議会運営委員会が二〇〇二年五月末の議会から議場に日の丸を掲揚するこ

とを決めた。「市民の党」の議員だった井上さくらさんと与那原寛子さんはかねがね掲揚に反対していたが、少数会派ということで議運に出席できないため、本会議で議論するよう主張した。思想・良心の自由にかかわる重大な問題なのだから、少数会派もふくめたみんなで掲揚が妥当か十分に討議すべきではないかという理由からだった。ところが、意見は受け容れられず、同月二十九日、日の丸は掲揚された。彼女たちはこれに抗議、議長に発言を許可するよう求めたが無視されたため、掲揚をやめさせようと井上さんが日の丸のポールに手をかけた。それを咎めた議会事務局職員が井上さんにつかみかかり、議場外に強制排除。井上さんは手に負傷した。このことを理不尽とする二人は六月五日、約六時間にわたり議長席と議会事務局長席に座りこみ、再び職員らにより実力で排除された。市議会は同二十五日、自民、公明、民主各党などの賛成多数で、二人を懲罰のなかでももっとも重い議員除名処分とした。除名賛成の多数派によれば、彼女たちの行動は「議会制民主主義の否定」なのだそうである。

時まさにW杯サッカーで国中がさんざめき、日の丸や「君が代」の風景が、第二次大戦以来もっとも事々しく、大々的に、またある意味ではかつてなく無邪気に演出されていたころだ。日の丸も「君が代」も、おのずと不可思議な〝市民権〟のようなものをえようとしていたともいえる。それだけに、白地に赤いあの旗の掲揚に異議を唱えるのには二人にとってそれなりの気合が要っただろうし、逆に、彼女らの行動を誹《そし》る多数者側としては、時の勢いにでも乗ったつもりであったろう。私個人はといえば、あの時期、数万の群衆が一斉に起立したり、声をそろえてひとつの歌をうたうというかおめくというか、おびただしい人間たちのそうした身体的同調が、おそらくその種のことをのべつやっていたかつての中国を知っているせいもあろう、正直、鬱陶しくてしかたがなかった。サッカーは嫌いじゃないけれど、まつろわぬ者を許さない勢いの、あのさかりにさかった空気がなにより苦手である。だから、すこしもまつろわぬ女性二人の点景は、なんだか眼にとても心地よかった。

井上さんたちの立ち居ふるまいをどう見るか、これはけっこう難易度の高いドリルである。期待される模範解答は、「もとより2人の行為が穏当だとはいえない。だが、選挙で選ばれた議員の資格を失わせてしまうことの重さを、他の議員はどこまで真剣に考えたのだろうか」「意見表明の場がなかったからといって、こうした行為が許されるはずはない。懲罰の対象にされるのもやむをえまい。しかし、いきなり除名とは何とも乱暴である」（朝日新聞社説）あたりか。例によって、みずからは毫《ごう》も傷つかない絶対安全圏からのご託宣である。けれども、極私的見解によるならば、これはかぎりなく屁に近い理屈である。だって、いつもながらひどく臭いもの。第一、社説は風景の中心を「処分問題」にすりかえてしまっている。処分が軽ければよろしい、とでもいうように。風景の中心には、しかし、あくまでもあの旗があるのだ。かりに百人のうち八十人が日の丸掲揚に賛成したからといって、残り二十人まで日の丸に恭順の意を表さなければならないいわれはない。百人のうち九十九人が「君が代」斉唱に賛成したからといって、反対する残り一人がともにうたうことを強いられるいわれもない。なぜか。旗の問題も歌のそれも、すぐれて大事な人間の内心の自由の領域に属するからである。それを侵すのは、一見民主的な手つづきをへたにせよ、暴力とすこしも変わらない。

なにも議長席に座りこむことはないじゃないか、六時間もがんばるとはやりすぎだ、という議論は彼女たちを心情的に支持する側にもあるし、井上さん、与那原さんともに、それが最善の選択肢だったなどといってはいない。こうした身体的抵抗の程度の問題もまた、処分の軽重のみを論じるのと同様に、事態の本質を解析することにはつながらないだろう。どだい、ほどよい抵抗、歩どまりのいい表現など、どこの世界にもありはしないのだから。この国にはいま、多数意見による少数意見の切りすてが民主主義だとするまことに野蛮かつ原始的な思いこみが、国会から教育現場まで遍在している。こちらの倒錯のほうがよほど深刻である。今後、有事関連法案がまたぞろ態勢をよりいっそう整えて登場したらどうするのか。国会の手つづきをへて多数で可決されたのだから、みんなでこれを受容せよというのか。戦争構造を黙って支えろというのか。これに反対する政党が政権をとるまで百年ほど、ありとあらゆるでたらめを我慢しろというのか。戦争狂ブッシュが国会でさも偉そうに演説するのを、野次一つ飛ばさず、植民地国の怪しげな議員よろしく与野党ともに謹んで聴きたてまつる、ああしたやりかたが、議会制民主主義の「品位」というものなのか。女性二人の抵抗は、貴重な触媒となって、これら解答のけっして容易でない設問をも導きだしたと私は思う。

米国は民主的な議会手つづきをへてブッシュに非道きわまる戦争発動権限をあたえた。全体主義的社会は福祉国家と戦争国家の特徴を生産的に統一する、とH・マルクーゼは指摘したことがある。ほぼ四十年も前に。議会制民主主義と戦争国家の構築もまた、かならずしも矛盾しないのだ。今日ではとくにそうである。こうした時代にあっては、多数者を怖れて沈黙し服従することが、少数者としてどこまでも抵抗することより、何万倍ものひどい害悪を後代にもたらす。

初出：「サンデー毎日」2002年7月21日号。『永遠の不服従のために』所収

一トン爆弾

喉《のど》をからして叫べ、黙《もく》すな
声をあげよ、角笛《つのぶえ》のように。
わたしの民に、その背《そむ》きを
ヤコブの家に、その罪を告げよ。（イザヤ書　第58章「神に従う道」から）

一トン爆弾というしろものがこの世にいつごろ登場したのかは知らないが、太平洋戦争中の日本本土空襲ではすでに数多く投下されている。その爆風だけで大阪城の北東側天守閣のあの大きな石垣が乱杭歯《らんぐいば》みたいにずれてしまったのだから、とてつもない威力だ。一九九八年に豊中市で一トン爆弾の不発弾を処理したときのもようを調べていて驚いた。半径五百メートル以内は立入禁止で、一万四千人が避難し、阪急電車も運休したというのである。処理にあたった自衛隊が、それほどの破壊力を想定したということだ。ベトナムで着弾現場を見たことがあるが、クレーターに雨水がたまり、深く大きな池になっていた。米軍はベトナム戦争中に一トン爆弾でダムを破壊し洪水を起こそうとしたともいわれる。そのころから、あの爆弾にはさらに手が加えられ、いまでは電子誘導装置がつき、破壊力もいちだんと増した。

イスラエル軍のF16戦闘機がその一トン爆弾をパレスチナ・ガザ地区の民家に投下、爆発させた。コンクリート造りの建物五棟が一瞬にして瓦礫になった。現地時間二〇〇二年七月二十二日深夜のことだ。これにより十五人が殺され、百五十人が負傷した。死亡者のうち九人は子どもである。これはいわゆる誤爆ではない。イスラム原理主義組織ハマス幹部のシャハダ氏の爆殺が目的であったとイスラエル政府が公言している。だが、人を一人殺すのになぜ一トン爆弾なのか。爆破空間を広げて、ターゲットが逃亡できなくするためだったという。この作戦にあたり、軍幹部はアリエル・シャロン首相に対し、民間人多数に被害がおよぶことになると具体的に説明したのだが、シャロンはそれでも作戦実行を指示したとされる。これは明々白々たる虐殺行為である。

イスラエル軍はこれまで、パレスチナ指導者殺害作戦に際しては、通例、破壊力のかぎられた小型誘導ミサイルをヘリから発射したり、特殊部隊に狙撃させたり、小型特殊爆弾をしかけたりしてきた。たとえば、ハマス軍事部門のアヤシュ司令官は九六年一月、イスラエル秘密工作員のしかけた携帯電話爆弾で暗殺されている。これにしても残虐は残虐なのだが、あからさまな無差別殺戮《さつりく》については、八二年の西ベイルートにおける大量虐殺が国際世論の非難を浴びてから、少なくとも表面は抑制するそぶりくらいは見せていなくもなかった。だが、このところのイスラエルによる殺戮行為はとても正気の沙汰ではない。干し草のなかの針一本をさがすのに、干し草全体を焼き払ってしまう米国方式（旧日本軍も中国で同じことをした）を真似しているかのようである。いや、ここまでくると、イスラエルにはパレスチナ人とその居住空間、文化、社会を物理的になきものにしてしまおうという底意があるのではないかとさえ思えてくる。

なぜだか、『ショア』というドキュメンタリー映画を思い出した。ナチ収容所の生き残りユダヤ人ら三十八人の証言で構成した凄まじい大殺戮の記録であり、記憶の風景を映像化しえた奇跡的作品であった。これはまちがいなく二十世紀ドキュメンタリー映像の最高傑作の一つであろう。ここには、被害者ユダヤ人たちの呻吟《しんぎん》と怨みのすべてがこめられていた。ショア（ＳＨＯＡＨ）とは、絶滅、破壊、破局を意味するヘブライ語である。しかしながら、これはいったいなんということであろうか。歴史の皮肉というさえ空恐ろしくなる。旧被害者ユダヤ人たちはいま、みずからがなされたショアーを、新被害者パレスチナ人に対し行いつつあるのだから。『ショア』の監督クロード・ランズマンもまた、イスラエル政府のやり方をおおむね支持しているといわれている。なにをかいわんや、だ。ランズマンは映画でたしか「私は彼らに、決して滅びることのないとこしえの名を与えよう」（イザヤ書）を引用していたはずだ。「彼ら」とはユダヤ人だけなのか。冗談ではない。

人間は歴史に学ばないものなのだろうか。被害の歴史に学び、その途方もない痛みと嘆きの記憶から、金輪際《こんりんざい》、加害の側にはまわらないという決心ができなかったものか。想像するに、シャロン政権においてはどうやら被害の記憶が変形して、かつてみずからがなされたことを他者になさずにはいられない、逆転の妄執が支配しているかのようである。コンクリート塀をめぐらせてパレスチナ人を閉じこめる「防壁」作戦のイメージは、かつての絶滅収容所の冷たい壁やゲットーの記憶が変形して無意識に浮かびでてきたものではないか。人間はどこまで非人間的になることができるのか。前世紀から引きずっているこの根源のテーマが、ほかでもない歴史的にもっとも非人間的仕打ちを受けてきた者たちの非人間的行動の継承と繰り返しにより、いままたわれわれの眼前に立ちあがってきたことをどう考えればよいのか。

シャロン政権にはもはやナチス・ドイツを非難する資格はない。それを全面的に支えているブッシュ政権にこれ以上、正義や人道や文明を語らせてはならない。理非曲直を明らかにするのはわれわれなのであり、まずもってブッシュやシャロンたちを戦争犯罪人として告発すべきであると私は思う。米英両軍によるアフガン空爆についても同様だが、イスラエル軍によるパレスチナへの一トン爆弾の投下に無関心でいられるとしたら、世界にはもういかなる見通しも出口も光明もない。慣れっこになっているというのなら、われわれは二度と人間の価値を口にすべきではない。これを座視できるのだとしたら、思想も芸術も学問もジャーナリズムもない。だがしかし、そう息まけば息まくほど、日本という国では赤錆《あかさび》のような疲労感だけが浮いてくる仕掛けになっているのはなぜなのだろう。ブッシュやシャロンの狂気をさして異様とも感じさせない別種の視えない狂気と無知が日本を覆っているからだろうか。

と、ここまで書いたところで、ヨルダンにいる友人からEメールが届いた。アンマンのインターネット・カフェからだ。先日、死海のあの油のような水にぷかぷか躰を浮かせていたら、対岸の灯がおぼろに揺れて見えたのだという。死海の西側のその灯はとても悲しげで、とてもとても遠く思えた、とメールにはあった。ガザはさらに遠く、地中海沿岸だけれども、メールの向こうに私は一トン爆弾の野太く赤い火柱が立つ風景を思い描いた。

初出：「サンデー毎日」2002年8月11日号。『永遠の不服従のために』所収

抗うこと

佐藤首相に死をもって抗議する。（中略）ベトナム戦争で米軍は南北ベトナムの民衆に対して悲惨きわまる状態を作り出している。この米国に対して圧力をかけられるのはアジアでは日本だけであるのに、圧力をかけるどころか、北爆を支持している佐藤首相に私は深いいきどおりを感じる。私の焼身抗議がムダにならないことを確信する。
（一九六七年十一月十一日、焼身自殺したエスペランチスト由比忠之進さんの抗議文から）

由比忠之進さんのことをときどき思い出す。大きな歴史の節目には、なぜだか由比さんのことを考える。憤激を行動として示すことのできないとき、由比さんが頭に浮かぶ。思想とその結果としての自己処理（自裁）をイメージするとき、由比さんの方法が一つの典型として脳裏に浮かぶ。しかしながら、思想と自裁の二点間には、自分の場合、数万キロもの距離と複雑きわまる迷路があって、それをあえてなぞっていくと、いくつもの逡巡と怯懦《きょうだ》という思考上の交差点があり、それらをすべて突破したころには、最終的に自裁へと到達すべきであったはずの出発点の論理と意欲が嘘のように消え失せて、虚しい疲労の海に漂っているのが常なのである。結果、いつも自裁にはいたらず、〈決定不能〉ないし〈未定〉のみが当座の結論となる。だが、宙づり状態のその結論から出発点の思いをふり返るとき、論理の岩の間からちろちろと恥の感覚がわいてくるのを抑えることができない。

機動隊との連日の衝突に心底、肉体的恐怖を感じ、恥ずかしくてそれを口にもできずに悩んでいたころ、私は由比さんの焼身自殺を知った。報道によると、首相官邸正門と反対側の歩道で、由比さんは立ったまま胸にガソリンをかけ、ライターで火をつけて、仰向けに倒れたのだという。七十三歳だった。私は新宿の喫茶店の白黒テレビでニュースを見た。画像は歩道上で瀕死の状態で横たわっている由比さんをためらわず映していた。いまなら考えられないことだ。記憶ちがいかもしれないが、黒く焼けただれた下肢がまだぴくぴく痙攣していた気がする。カメラマンはある種の畏敬の念からそれを打ち震えながら撮っていることが私にはわかった。由比さんは米国の戦争政策をどこまでも支援する佐藤政権に死をもって抗議したのに、私は自分の怯懦が告発されたように感じて打ちのめされたものだ。

なぜ、いままた由比さんについて語るのか。これはノスタルジーではない。安逸、惚《ぼ》け、無責任の戦後民主主義がいま、じつに恥ずかしい死の時を迎えた。殉死でも難死でも横死でもない。ぎりぎりまで抵抗して権力に圧殺されたのでもない。戦わずして、単に自堕落を重ねたすえの醜悪な自然死なのである。不名誉、不面目のきわみ。眼の前に脂肪でぶよぶよに肥え腐臭をはなつ戦後民主主義の醜い死体があるのに、しかし、それをわがしかばねと認めない知識人とやらがこの国には山ほどいる。といった趣旨のことをある対談で私はいいつのった。そのとき、頭蓋の暗闇に由比さんの肉をじりじりと焦がす紅い炎《ほむら》が立ったのである。戦後民主主義の恥ずべき死と由比さんの自裁はまさに対極にある。戦後民主主義は由比さんの死を裏切ってきた――とそのとき思った。

由比さんは戦時中、「木材で飛行機を作ることを真面目に考えた」ような、どちらかというと戦争に協力的な人物だったという。それが、終戦直前に一般邦人を尻目にわれさきにと逃げだす関東軍を中国で目のあたりにして、考えを変える。中国につぐないをすると決意し、妻子を日本に帰して、日本軍が破壊した都市の復旧のために働いたという。彼が生涯心のよりどころとしたのは、ユダヤ人の眼科医ザメンホフ博士が築いた国際語エスペラントの学習と普及だった。一民族の解放だけではなく、全民族の平等と平和を唱えたザメンホフの精神に打たれ、ブルガリアに本部のある「世界平和エスペランチスト運動」の日本支部を結成し、支部長にもなっている。こうした由比さんがベトナム戦争に悲憤慷慨し、米国の戦争拡大を支持する佐藤栄作に対し満腔の怒りを感じたことはむしろ自然の流れであったろう。焼身自殺は佐藤首相訪米の前日に決行された。

由比さんの自裁について大宅壮一が書いた原稿の気迫を私はいまでも覚えている。「由比老人の抗議文の内容は、現在日本人の大多数が痛切に感じていることばかりで、いわば国民の常識であり、良識である。それを〝焼身自殺〟という異常な形で表現した由比老人の役割を私は高く評価するものである」。この原稿はどこに載ったか。ほかでもない、『サンデー毎日』だ。三十五年ほど前はもっと迫力があったのである。大宅の文章はさらにいう。「現代人にもっとも必要なことは、だれもが常識と認めていることを行動にうつす勇気である。あえて『由比老人につづけ』とはいわぬが、そういった意味でこの老人の死をムダにしてはならぬと思う」

由比さんは、むろん、有名人ではなかった。いま、ブッシュの狂気じみた戦争政策とこれにひたすら付き従う小泉政権に抗議して、由比さんのように無名のだれかが焼身自殺したとして、だれがこれだけのことを書くか。どの新聞が、どの雑誌がこれだけのことを載せるか。大手偽善専門紙の朝日でさえ、由比さんの死には「どこへ、だれに訴えていいかわからないで悩みぬいた末の覚悟の行動」と、当時は共感を寄せたのだが、いまなら、さしずめベタ記事か、よくても例によって「気持ちはわからぬでもない。しかし、もっと穏当な抗議の方法もあったのではないか」とかなんとかの臭い説教つき原稿ではないか。おそらく、われわれは「だれもが常識と認めていることを行動にうつす勇気」をつとに失ったのである。由比さんのような「個の魂」のない、戦後民主主義という名のただの集合的気分は、現在の醜悪な死をとっくの昔から運命づけられていたといっていい。

由比さんの死後、佐藤栄作はあろうことかノーベル平和賞を受賞する。核兵器に終始反対し、太平洋地域の平和に貢献した、というまっ赤な嘘が授賞理由だった。「悪」が「善」の顔をして大手を振って歩くようになった。いま、時代は由比さんが自裁した当時よりもっともっと荒んでいる。焼身抗議したくなる客観的要因は由比さんのときより、もっと増えている。だが、「行動にうつす勇気」はどの時代よりも萎えている。

初出：「サンデー毎日」2002年9月8日号。『いま、抗暴のときに』所収

抗暴とはなにか

いきなり古い話で恐縮だが、私が生まれてはじめてデモというものに加わったのは、一九六〇年代の半ば、大学の一年か二年生のころだったと思う。いったいどんなデモだったかといえば、東京地裁による「ポポロ事件」判決に反対する都内の学生たちによるそれであった。ポポロ事件なんて、いまの大学生はまず知らないだろう。私だって忘れかけているのだが、生涯はじめてデモ警備のお巡りさんにしたたか殴られた痛みの記憶と重なるものだから、いまでも私の記憶箱のなかに消えずに残っているのである。まことに身体の痛みと記憶には密接な関係がある。想い出をたぐりよせ、ポポロ事件なるものとその裁判の経緯をなぞってみると、隔世の感どころか、この国ではなく欧州かどこかの他国で起きたことのようにさえ思えて、ため息がでてくる。嘆息の後に、はっと心づき戦慄するのは、失われたものの譬えようもない大きさ、尊さである。

一九五二年二月二十日のことであった。特高警察の拷問で殺された小林多喜二の命日にあたるこの日、東京大学の学生劇団ポポロ座が大学内で演劇を公演した。テーマは共産党弾圧の口実に使われた謎の列車転覆事件、すなわち松川事件だった。ところが、観客のなかに紛れこんでいた数人の私服警官が学生らに見つかり騒ぎになった。学生らは警官三人を拘束して「謝罪文」を書かせただけでなく、警察手帳を取り上げたのである。手帳には、警察が学生運動や教職員組合指導者らの活動状況の調査つまりスパイ活動を長期にわたり行っていたことを示すメモが記されていたという。翌日、警察当局は大学に断りなく構内に突入、学生らを逮捕、連行した。一方、大学側は警察の学内潜入自体が不法であるとして学生らの釈放を要求、学生らも抗議集会を開いた。矢内原忠雄総長は大学の自治を守るように学生に呼びかけ、抗議行動を事実上激励した。東大は全学挙げて「戦前の政治警察の再現」「学問の自由・大学の自治の侵犯」だとして怒り、多くの他大学もこれを支持した。事件は政治問題としても拡大し、国会の法務委員会も矢内原総長、学生、警官らを証人として喚問して審議するなど大きな論議となったのである。

逮捕学生らは起訴されたが、第一審判決と第二審判決では、警官の学内立ち入りは違法行為であると判断、学生らは無罪となった。しかし最高裁が差戻しを決め、東京地裁が一九六五年、一転して学生に有罪判決を下した。大学での学生集会が学問や研究のためではなく政治活動にあたる場合には警察が立ち入っても大学の自治の侵害とはならないという趣旨であった。私のデモ初体験はこれに抗議するためのものであった。

右の、いまとなってはまるで夢のような経緯をしたためながら、私は訝った。ポポロ事件と同種の事件が、もしも現在、どこかの大学で起きたとしたらどうなるであろうか、と。おそらく、総長も学長も学生の釈放など求めはすまい。それどころか、学生らの行動を非難し、大学によっては事件に関係した学生らの情報を警察に内通する可能性も大であり、逮捕学生については停学などの処分も検討するかもしれない。裁判は一、二審ともほぼまちがいなく学生側有罪であろうし、マスコミのほとんどはそうした判断を支持するだろう。有罪判決に抗議するデモに都内の各大学の学生たちが広く参加するということも、むろんありえまい。

時を閲《けみ》するごとに、世の常識や法解釈というのは呆れるほどに変化する。善が悪になったり悪が善にとってかわったり、かつて自明だったことどもが自明性を失うことがしばしばである。ポポロ事件の解釈も時代の進行とともに変化するのはいたしかたないではないか、と納得してしまう向きも多いであろう。だが、私は変化のわけを「時代」一般のせいにするやりかたは怠惰であり愚かであると思う。人間の理念の芯のところは時代がどうあれそうそう変わるものではないし、また、変質させるべきでもない。ポポロ事件に関する学生らの抵抗はおおむね正しかったのであり、矢内原総長の当初の対応も（時代のいかんを問わず）学府の長として見事というほかない。じつのところ、国家権力は長い時間をかけて大学の自主性や学問の独立といった「自由の領分」を周到に侵してきたのであり、一方で大学側はそうした領分の確保のために闘うどころか、逆にみずから「自由の領分」をどうぞどうぞと権力側に返上してきた形跡が濃厚である。結果、大学と国家意思の間にはいつの間にか境界線すらなくなってしまったようだ。事情は、国家権力とマスメディアの関係においてもほぼ同様である。

私が近著のタイトルを『いま、抗暴のときに』としたのは、こうしたことへの苛立ちと危機感からだ。「抗暴」は中国語で、反動的な暴力に抗い、反撃するという意味である。人間の集団や個人が本来もつべき自由の領域は、これを侵そうという権力と闘うことなしには到底保ちえない。ただ、自由のための持久的な抵抗を端的に表す名詞が、この種の闘争の歴史が少ない日本にはほとんどない。私はだから、いたしかたなく中国語を借用したのだ。国家が好戦的になるとき、教育機関や学生の自由の領分はかならずといっていいほど奪われ、狭められるものだ。だが、読者のなかには反論する人もいるかもしれない。書店に行けば反戦本も反米本も山積みではないか、この社会の自由の幅はべつに狭められていないのではないか——と。私の答えは「ノー！」だ。反戦も反米もきょうびは臓器やセックス同様に商品化され大いに消費されている、と見るべきである。あざといのはなにも国家権力だけではないのだ。抗暴の真の相手は、したがって、暴力をむきだしにする権力だけでなく、それに逆らうそぶりをしてじつは下支えしている資本とこれに従順な人々の無意識でもある。

初出：『読書のいずみ』96号（2003年秋）。『抵抗論』所収

抵抗はなぜ壮大なる反動につりあわないのか
――閾下のファシズムを撃て

a

気だるい土曜の昼下がりに都心のビル街を皆とだらだらと歩いていたら、ふと遠い記憶が蘇った。足下の路面が大きく波打つようにゆらゆらと揺れたときのこと。足の裏が、あの不安とも愉悦ともつかない弾性波の不可思議な感覚をまだかすかに覚えている。アスファルト道路がまるで地震みたいに揺れたのだ。それは、身体の奥の、なんとはなし性的な揺らぎをも導き、この弾性震動の果てには世界になにかとてつもない変化が継起するにちがいないという予感を生じさせたばかりでなく、足下の揺らぎと心の揺らぎが相乗して私をしばしば軽い眩暈におちいらせさえしたものだ。あれはまったくの錯覚だったのだろうか。錯覚を事実として記憶し、三十六年ほどの長い時間のうちに、そのまちがった記憶をさらに脚色して、いまそれが暗い脳裏からそびきだされたということなのか。冗談ではない、と歩きながら私はひとりごちる。冗談ではない、ほんとうにこの道がゆさゆさと揺れたのだ。誓ってもいい。数万の人間が怒り狂って一斉に駆けだすと、硬い路面が吊り橋みたいに、あるいは春先に弛んだ大河の氷のように揺れることがあるのだ。

足下の道が揺れると、いったいどうなるか。このことも私はかすかながら記憶している。道が揺れると、〈世界はここからずっと地つづきかもしれない〉と感じることができたりする。勘ちがいにせよ、世界を地つづきと感じることはかならずしもわるいことじゃない。なあ、おい、そうじゃないかとだれかにいいたくなる。地つづきの道が揺れる。弾性波がこの道の遠くへ、さらに遠くへと伝播してゆき、知らない他国の女たちや男たちの、それぞれの皺を刻んだ足の裏がそれを感じる。ただこそばゆく感じるだけか心が励まされるのか、こちらからはわからないけれども、とにかくなにか感じるだろう。伝播する。怒りの波動が、道を伝い、道に接するおびただしい人の躰から躰へと伝搬していく。つまり、この場合、人も道も大気も、怒りの媒質になって揺れるのだ。なあ、おい、そういうのを経験してみたいと思わないか。世界の地つづき感とか自分の内と外の終わりない揺れとかを躰で感じてみたくないか。そのことをだれかに問うてみたくなる。本当のところは、ま、思いこみかもしれないのだけどね、それでも一回くらい躰で感じてみたくないか、と。私の隣りを歩いている若い男に声をかけようとする。彼はさっきから盛んにタンバリンを鳴らしている。腰をくねらせたり片足を宙に跳ね上げたりして踊りながら、タンバリンを叩いている。男の眼がときおり細まり恍惚とした面持ちになる。遠くのスピーカーから「ウィー・シャル・オーバーカム」が聞こえてくる。皆がそれをうたいはじめる。ご詠歌みたいに聞こえる。私は話しかけるのをやめる。おい、やめてくれよ、と口ごもる。後生だから。寒さと気恥ずかしさが、躰の奥の、あるかなきかの怒りをかき消しそうになる。地面はむろん揺れはしない。よほどの錯覚にせよ揺れるわけがない。たった三千人ほどの行進だったのだから。いや、正直にいえば、人数なんか少なくていいのだ。せめても深い怒りの表現があれば。それがない。概してないと思う。地を踏む足に、もはや抜き差しならなくなった憤りというものがこもっていない。怒りというものはこんなもんじゃない。腹の底から喉元に抑えても噴き上げてくる狂った血のようなもの。その逆もある。かつてある作家がいった「陰熱」のように、静かに、暗く、くぐもった怒り。比較すれば後者のほうがよほど怖いのだが、いまはどちらにしても、ない。道は当然、揺れっこない。私は、しかし、道はいまこそ揺れるべきだ、揺するべきなのだと考えている。昔のように、というのではない。ノスタルジーは大嫌いだ。過去を不当に美化し、己の変節を棚に上げて、若い者に説教する老いた男の得意顔を見ると胸くそが悪くなる。大体、変節漢ほどよく説教をしたがる。昔がよかったなんてことは、よくよく考えてみれば、さしてなかったのだ。昔は昔で昔を得意がる男がいたものだ。昔よりもっと昔に生きた男が昔日を誇大に語って若い者に説諭したりした。いまにはいまの愚者がいるように、昔は昔の唐変木がいたのだ。デモを語るのに昔を懐かしんではならない。みっともない、見苦しい。いまは昔と異なるさらに大きな新しい弾性波を起こすべきなのだ。これは懐旧でも憧憬でもない。怒りとその表現が純粋にいま必要なのだ。

b

うたた今昔の感に堪えません。などといまさら愚痴るべきではない。にしても、こんなデモ（主催者は、デモの語感は不穏だとでもいうのか、ことさらに「パレード」と称していた）に加わったこと自体、軽率にすぎた気さえしてくる。なぜそんなに平穏、明朗、従順、健全、秩序、陽気、慈しみ、無抵抗を衒わなくてはならないのだ。犬が仰向き柔らかな腹を見せて、絶対に抗いません、どうぞご自由にしてください、と表明しているようではないか。まったく見合わないのである。国家の途方もない非道の量と質に較べて、怒り抵抗する者たちの量と質が話にならないほどつりあわない。戦後最大級の反動の質量に対する抵抗の質量が無残なほど相応しない。日々に戦争めく全景にあって、このデモだかパレードだかの妙に晴れ晴れとした、そしてときにどこか滑稽でさえあるオブジェは、全景に多少のクラック（裂け目）を走らすどころか、全景とじつに予定的かつ補完的に調和しているようにも見える。いや、あるかなきかのクラックをそれとなく補修しているようにも思えるのだ。はるか遠くのイラクのことともアフガンのことども、この風景はいささかの関係もない。擦りもしない。だからか、デモに加わってさえ、ひどい疎外や屈辱や孤立感を覚える。「世界はかように動揺する。自分はこの動揺を見ている。けれどもそれに加わることは出来ない。自分の世界と、現実の世界は一つ平面に並んでおりながら、どこも接触していない。そうして現実の世界は、かように動揺して、自分を置き去りにして行ってしまう。甚だ不安である」。二〇〇四年一月のデモの群のただなかにあってさえ、九十六年も前の漱石の小説（『三四郎』）のこんな文言を思い出したりしてしまうのである。なぜなのだろう。なぜ、私たちは「自分の世界と、現実の世界は一つ平面に並んでおりながら、どこも接触していない」と思い、世界から「置き去り」にされていると感じるのだろうか。

行進する人の群のなかには、茶色の太り気味のダックスフントとともに歩く若いカップルもいた。犬は長い腹に「ＮＯ　ＷＡＲ」と記された腹巻きをしていた。その犬が突如、道端に糞をした。群衆が笑った。優しく笑った。カップルも笑った。幸せそうに笑った。糞をビニール袋に始末し、カップルはいつの間にか犬ごと消えた。まるで最初からここにいなかったかのようにすっと消えた。消えても、この行列の景色は少しも変わらなかった。減りもせず増えもせず、軽くも重くもならず、私としてはただ終始気だるく、ひどくきまりがわるいのであった。とつおいつ思いめぐらす。世界と自分はなぜ接してないのか。いや、私たちはなぜ世界から分断されるのか。いま、世界の時と私の時はどうして重ならないのか。歩きながら、赤い水銹が躰中に滞ったような疲れを私は感じている。足が重い。錆だらけの廃船のような気分だ。今年の九月の下旬で、〈あろうことか〉と私は思っているのだが、齢六十となる。なんの意味もないいい方だけれども、戦後といっしょに生きてきた。私もこの国も、本気では一度も自省せず、真剣には一回だって自己変革せず、なにかばかげたことを懲りもせずに何度も何度も繰り返してきたような気がする。このばかげたことの〈果てのない繰り返し感〉が、体内の疲労感や徒労感にそっくりそのまま重なる。暗愚、無感動、冷笑、嘲笑の拡大再生産。勇気と英知の逓減《ていげん》、喪失。この飽くことのない繰り返しのなかで、齢六十になんなんとする私は、このまま私自身でありつづけることにも、正直、何年も何年も前から飽き飽きしている。いうことなすこと、ひたすら繰り返しばかり。そうした自分へのそこはかとない蔑みの気分が年中抜けない。それ以上に、慎みも節操もなく変容しつづける世界への侮蔑の念がどうしても拭えない。世界という名の疾病。世界という名の絶大なる記憶障害。なぜ、こんなばかげたものにつきあわなくてはならないのだ。

c

交差点の信号機が赤になり、行列が止まった。じつに素直なものだ。「私たちは自衛隊のイラク派兵に絶対反対します」と書かれた最前列の横断幕も歩みを止めた。その前で、皆が笑顔で記念撮影をしている。たがいに携帯電話で撮りあい、その写真をすぐにだれかに送信したりしている。だれもが自己身体の一部のように携帯電話をもっている。かつてはあれほど不気味に見えた携帯電話の風景がいつの間にか眼に慣れて、いまはずいぶん平気になってしまった。皆が例外なく躰に埋めこまれたかのように携帯電話を備えている。あれほど携帯を難じた私もまた。どんなことにだって人はほぼ慣れる。右にせよ「左」にせよ、政治の三百代言に手もなく騙されるようになった。世界とはたぶん、それに慣れなければとてもではないがつきあっていけないなにかの病気なのだ。というより、世界によって躰が無理矢理慣らされるのだ。それを私たちは主体的に慣れたとか選択したとか選択的消費ができるようになったとか思いこんで喜んでいる。ひどい倒錯。北朝鮮の政治や経済と比較して、この国の「自由」と「幸福」を誇らしげに強調するばかな政治家がいる。二言目には「制裁強化」。児戯に等しいとはこのことだ。

以前、ＯＬが十分な選択消費ができるのだからこの資本主義はなかなかよろしい、てなことをいった思想家もいた。ＯＬと呼ばれる女性たちの、決して楽ではない実生活を知りもしないくせに。家でテレビばかり見ていると、往時は「偉大」だった思想家も阿呆になるらしい。その思想家のせいとはいわないけれども、皆が〝賢い消費者〟にでもなった気で、賃上げ闘争やストライキを小馬鹿にするようになった。この国のなかの、歴然たる貧困から眼をそむけるようになった。貧窮は貧窮者自身の生き方、考え方に理由があるというような発想も蔓延した。なにが〝ハイパー資本主義〟だ。笑わせるじゃないか。学生のころ、あの思想家を早稲田鶴巻町のあたりだったか、都電のなかで見かけたことがある。いかつい体軀に薄汚いレインコートをまとって、傲岸にも不満げにも柔弱にも内気にも見える深い色の眼をしていたっけ。老いて、ついにめでたく二十一世紀まで生きた。が、あの眼はもうない。長く生きればいいというものではない。長く話しつづけていればいいというものではない。やめる時宜はとうにすぎていた。主体的に生きているのではないときが、むろん私にもある。いや、ほとんどの時をだらだらと没主体的に生きている。それほど積極的に生きたくもないのに、愚にもつかぬなにかの力に強いられて単に生かされているだけのような時がひどく多いのだ。物質消費にしても、実際には選択的自由なんぞ、どこにあるのだろう。選択できているように資本の力に思わされているだけだ。私が依然死んでいないのも、なにも生を積極的に選択しているからではない。

d

「ジエイタイハヘイ、ハンターイ」「ジエイタイハ、シヌナー」「ジエイタイハ、コロスナー」「コイズミハ、ケンポウヲ、マモレー」。シュプレヒコールに合わせて太鼓が鳴る。銅鑼のようなものも打ち鳴らされる。せっかくだから私もシュプレヒコールに唱和しようとするのだけれど、なぜか喉が大きな発声を拒む。私は小声で「ジエイタイハヘイ、ハンターイ」と叫ぶ、というより、棒読みの調子で話す。独語する。卑屈な調子で「ハヘイ、ハンターイ」とつぶやく。私にはいま「陰熱」もなければ滾《たぎ》る怒りの血もない。怒りが底のほうへ底のほうへと沈んでいき、かわりに恥ずかしさが躰の奥からじわじわと広がってくる。そして、私は徐々に気がつく。どこまで歩いていっても、この行列からは金輪際なにも出来《しゅったい》しないこと、そのことに己が退屈しはじめていることに気づく。そう、パレードは蠅一匹殺すわけでないのだ。断じて粗暴にならないようにと、皆が誓いあったかのように。

退屈といえば、昨夏、私は来日したジャン・ボードリヤールの講演を聴きにいった。講演が退屈だったのではない。「退屈」について彼はとても興味深いことを話したのだった。

ボードリヤールは「革命の観念さえもが歴史のゴミ箱に送り返されてしまった。世界新秩序にはもはや革命は存在しない。そこには発作的痙攣しか存在しない」と語った。聴いていて私は思った。この国には発作的痙攣さえないよ、と。私は内心、「革命」よりも「痙攣」のほうを期待しているかもしれない、と。強圧的意味を浴びせかけられる革命より、世界に対しても自分に対しても、無意味で激しい痙攣を欲しているかもしれない。世界には今後、止揚や再構築ではなくて、機能障害や故障や断層があるばかりだ――という意味のことも彼はいった。「動脈瘤の破裂」のようなことがあるかもしれない、と。それでもいいじゃないか、と私は声にせず応じていた。いつまでもブッシュの米国にいいようにやられているよりは……。で、講演のなかで私がもっとも気に入ったくだりは「出来事に先行するすべては凡庸に見えるし、出来事につづくすべてはもっと凡庸に見えてくる」という、聴きようによってはどうでもいいような発言だった。似たようなこと、つまり退屈について、私もそれに近いようなことを感じていたからだ。ボードリヤールは表情も変えずにいってのけたものだ。「9・11の後、われわれはそれ以前よりずっと鬱状態の凡庸さに再び落ちこんでしまった」と。私流に解釈すれば、（あまり大きな声ではいえないけれども）9・11のあのスペクタクルの後の風景の退屈さは、それ以前の退屈さより耐えがたいのだ、となる。ボードリヤールは委細構わずつづけた。「もっとも、凡庸なものをさらに凡庸にしたこと、現在の政治と文化の世界の無意味と思い上がりと単調さを暴露したことは、あの並はずれた出来事の一つの結果でもある。この意味で9・11は……あらゆる哲学的叙事詩やあらゆる批判的分析よりはるかに優れた暴力的脱構築として役立ったといえるだろう」（ボードリヤール発言の日本語訳はすべて塚原史氏による）。最前列に座っていた私はそこでひとり、舞台上の一九二九年生まれのフランスの老人に拍手を送った。よしんばまったくのアイロニーにせよ、9・11の暴力を真顔で「評価」した勇気または意識的な無神経に対して。つられて他の聴衆（主に学生たち）も、おそらく半数の者はわけもわからず反射的に、残り半数またはそれより多くの者たちはたぶんいつもの附和随行の癖で、拍手した。ボードリヤールは近著『パワー・インフェルノ――グローバル・パワーとテロリズム』（塚原史訳、NTT出版）で「結局、それを実行したのは彼らだが、望んだのは私たちのほうなのだ。このことを考慮に入れないかぎり、出来事は一切の象徴的次元を失ってしまう」（「テロリズムの精神」）と書き、それが同著の惹句にもなった。こうなると退屈さは一気に吹き飛ぶ。至言である。本を手にしたとき、私は自問自答したものだ。〈私はあのテロとあのスペクタクルを望んだか？〉〈私の無意識は、そういわれれば、あれらを望んでいたかもしれない。少なくも、あの映像を、私は悼むというより、興奮し、やや楽しんで見たかもしれない〉――と。9・11によって私たち（の多く）はじつは背徳にまみれたのだ。だが、大方はそれを認めようとしない。こうしたデモだかパレードだかはとくに背徳を認めたがらない。テロにも戦争にも反対。そうくる。私はもう一度言葉をなぞる。結局、あれをやらかしたのは彼らだが、私の無意識はそれを待ち望んでいたかもしれない。そうであるかぎり、私にも9・11に関するなんらかの実存的責任があるのかもしれない。

e

なにごともなく行列は進む。どこまで行っても「敵」なんかいやしない。途中参加であろうか、数人の中年女性グループが行列に割りこんできた。皆、褞袍《どてら》か丹前のようなものを着て、頭には手拭いを被り、なにかを背負ったり懐に抱いたりしているようだ。人形であった。赤ん坊の人形。それを負ぶって右に左に軽く揺すっては子守りのようにあやす動作をしている中年の女性。人形の首がいまにも捥《も》げそうなほどひん曲がって垂れて、ぶらぶらと無残に揺れている。手作りなのであろう、人形の顔に目鼻口がない。ノッペラボウ。「子供を殺すな!」と書かれたゼッケンをした婦人がいる。察するに、彼女たちは「平和」を演出しているのだ。皆で相談して、危うくなった平和を演じているのかもしれない。人形が、しかし、いかにも不気味だ。けれども、そうしたことをもってこの行列全体を侮ってはならない。そう自分にいい聞かせる。この種のパレードに加わるときにはいつもそうなのだが、企てが全体になじめず、ついつい軽侮の眼で見そうになるので、きつく己にい聞かせなければならない。ここからなにかがはじまるかもしれない。パレードをばか扱いして自衛隊派兵になんら反対の意思表示をしないよりは、こんなものでも参加したほうがまだましなのではないか、と。しかし、本当にそうなのか。ここからなにかがはじまるのか。

私は不意に国連平和維持活動（PKO）五原則という、型落ちした携帯電話のような〝死語〟を思い出す。五つすべていえるか、自問してみる。もの覚えがひどく悪くなった私なのに、なぜだか死語の類はよく覚えている。自衛隊がPKOに参加できる前提条件は、第一、紛争当事者の間で停戦合意が成立していること。第二、えーと、当該地域の属する国を含む紛争当事者がPKOの実施とそれへの日本の参加に同意していること。第三、これはしっかり覚えている。特定の紛争当事者に偏ることなく中立的な立場を厳守すること、だ。第四、以上の三原則のいずれかが満たされなくなった場合には参加部隊を撤収すること。第五、武器の使用は要員の生命などの防護のために必要な最小限のものに限る、だったな。私はかつて、このPKO協力法に（さえ）憲法の原則を踏まえて大反対した。いま、それを屁で飛ばすようにして重装備の自衛隊がイラクに派遣された。今回は「イラク復興支援特別措置法」（イラク新法）に則っているから、PKO五原則は関係ないだって？

まったく冗談ではない。五原則はわずかながらでも憲法を意識していたころの、この国のほんのささやかな「慎み」みたいなものではあった。それに（さえ）異論を唱え、九二年くらいだったか、私は反対デモに参加したこともある。記憶するかぎり、道が揺れることはまったくなかったが、いまよりはよほど緊張感のあるデモではあった。人々の足取りに憤慨があった。

私の考えと行動は徐々に辻褄の合わないものになりつつある。ＰＫＯ協力法に（さえ）反対した私は、少なくもそのコンテクストでいくならば、五原則もにやにや下卑た笑いを笑いながら泥靴の踵で踏みにじるような今回の自衛隊のイラク派兵には、まさに憤死せんばかりに怒り、反対しなければならないはずである。派兵の論拠を臆面もなく憲法前文に求めて、恬《てん》として恥じないどころか、なにやら大発見でもしたかのようにひとり昂揚している戦後史上最悪の首相とその好戦的な取り巻きどもを声をかぎりに糾弾しなければならないはずだ。赤錆だらけの私という廃船の最後の仕事として、壊れるまで闘っていはずだ。それは自明である。だが、かならずしも私はそうなってはいない。たしかに私は怒っている。しかし、憤死にはほど遠い。たぶん歳のせいだけでなく、なんとなし大儀なのである。わたしはいま、まちがいなく怒っているのだけれども、仔細に自己を点検してみると、〈これはどう考えても、たとえ最大限に割り引いても、相当に怒らなければならないケースだな〉という、どこか他人事のような、そして怠惰な思考のプロセスの帰結として、余儀なく怒っているふしがあるのだ。いわば、私は自身を折伏し、あるいは自己に命じてしぶしぶ怒っているようでもある。一方、自衛隊派兵への怒りは、本稿執筆の時点で、よそから私のところにかすかな波動としては伝わってきているが、勢い盛んな弾性波としては伝播してきてはいない。なぜなのか。

故岸信介はかつて「自衛隊が日本の領域外にでて行動することは一切許せません」「海外派兵はいたしません」と言明し、故佐藤栄作も同様のことを公言しているよしである。実際、あれほど長かったベトナム戦争でも、この国は考えられるあらゆる支援と便宜を米国にあたえたけれど、自衛隊をだすことだけはしなかった。この最低限の「節操」を戦後日本のモラル基準とするならば、今回小泉内閣のなしたことはこの国の戦後のなりたちを根本から崩す一大破壊行為といって過言ではない。まことにいまはわれわれがこぞって痛憤すべき重大局面なのである。それがそうはなっていないことのわけを、私はパレードとやらに加わって、悄然と歩きながら考えている。

政治反動の水位の高さに対し、抵抗のそれは歴史的にいつも不当に低いものだ。が、自衛隊の海外出兵のいま、抵抗の水かさのなさは尋常でない。

f

ところで奇妙な話だが、一九六八年十月二十一日の「国際反戦デー」の主要スローガンを私はよく覚えていない。はっきりと記憶しているのは、それが「自衛隊の海外派兵反対」ではなく、その譬えようもない重大さに較べるならば、(いいかたはおかしいが)ずいぶん〝低位〟の闘争目標であったにもかかわらず、社会党、共産党、全学連各派など約四十万人以上が参加して、全国各地で集会、デモ、ストライキを行ったということであり、その結果、東京の一部では路面がゆらゆら揺れたという事実である。やや粗雑になぞらえるならば、今日の事態とはベトナム戦争に自衛隊を派兵したようなものなのに、ろくな抵抗もない、路面も揺れない、ということなのだ。だからどうしたといわれれば、当方としては話の接ぎ穂もない。ただ、辻褄が合わないな、なんだか間尺に合わないな、と口ごもるのみなのである。かつてベトナム戦争というものが戦われたことがあるという事実さえ知らない若者が多数いることを私は知っている。岸信介や佐藤栄作らによる「派兵せず」の誓約にしても、きょうびはまるで趣味のよくないジョークのようにしかもちだされないことも私は知っている。この時代、いずこにあっても議論、争論、激論のたぐいが、まるで忌むべき病のように避けられていることも知っている。怒りでも共感でも同情でもなく、嘲りや冷笑や、せいぜいよくても自嘲が話に常につきまとい、議論の芯のところをすぐに腐らせてしまう時代であることも私は知っている。じつは感官がどこかやられてしまったのではないかと私は目星をつけている。私もあなたも、怒りをつかさどる感官が機能不全におちいっているのではないか。いや、機能不全におちいらなければ、すなわち怒りを無化することなしにはやっていけない時代がすでにきているのではないか、と私は感じている。

大学を卒業したてのころだったか。つきあっていたガールフレンドからアルミのような金属でできた、変哲もないペーパーナイフをもらったことがある。中国旅行の土産だといった。ただのペーパーナイフではない。ベトナムをさんざ爆撃し、北ベトナム軍だったか南ベトナム解放戦線だかに撃墜された米軍機の残骸から作られた「栄光ある記念品」だという。どんな経緯でベトナムから中国に渡ったかは不分明だが、私はそれをためつすがめつして、しきりに感動したものだ。友人にも見せびらかした。皆、感に堪えない面もちになって、ペーパーナイフを撫でさすった。へえ、これがやつらの爆撃機だったんだ、ざまあ見ろだな、などとつぶやきながら。私たちは心底嬉しかったのだ。無数のベトナム人を殺した米軍機が撃墜されて、見る影もないチンケなペーパーナイフになってしまったことが。それは譬えようもない喜びであった。ベトナム戦争中、米軍の部隊が解放戦線の急襲で大きな被害をだしたという報道に接するたびに私たちは、正直、喜びに打ち震えたものだ。白状すれば、いまでもおおむね似たような感情がある。イラクやアフガンで米英の部隊がレジスタンス勢力の攻撃で被害をだすたびに、私は名状の難しい、どこか「喜び」に近い感情を抑えることができない。そのことと死傷した米英兵たちへの同情とは別のことであり、論理的にかならずしも矛盾しはしない、と思う。爆撃、侵略、大量殺戮、占領を激しく憎み、憤激する一方で、侵略者への反撃の成功を喜びとし、みずから志して、あるいは余儀なく戦線にある兵士やゲリラたちの悲惨な死を、敵と味方の別なく悼む。それのどこがおかしいというのか。倫理的にそこまで踏みこむことなしに、つまり、当方としても当事者らの百万分の一くらいの傷さえ負うことなしに、絶対安全圏からにこにこ笑って「反戦」などといえた義理か。怒り憎むことは、いつから、だれによって禁じられたのか。怒り憎むことは、いつから、だれによって、「悪」と断ぜられたのだろう。

g

感官のどこがやられたのか。怒りはなぜ萎《な》えたのか。どこが損なわれたのか。だれがそうしたのか。さっきから喉元に浮かんでは消える、ひどくもどかしい言葉がある。しきい。識閾。意識の生起と消失のあわいのところ。あるいは閾下。そうだ、無明のそこがいましきりになにかに侵されているのではないか。ここから先は表現がとても難しい。東京都の石原慎太郎知事が昨年の九月にいいはなった。「田中というやつ、爆弾をしかけられて当ったりまえの話だ」。その後も、「田中均なる者の売国行為は万死に値するからああいう表現をした」と開き直った。暴言、妄語、傲岸不遜をとったらなにも残らないような人物だから、きわめて不快ではあったけれども、石原慎太郎がそう語ったという事実に私はいちいち驚きはしなかった。私が驚愕したのは、知事の妄言にマスメディアも世間もさほどには怒らず、この希代未聞の暴言者が依然胸を反らして公職にとどまっていられるということであった。そのとき私は、この国にあっては正邪善悪を判じる戦後の人間的自明性がつとに崩壊しているのだなと実感し、なぜかしきりに「閾」ということを考えたのだった。かつては議論の余地もないとされた人間的自明性が弱体化し、希薄になったことでぽかりと開いてできた無明の空洞＝閾がいま危機に瀕しているのではないか、と。そこに透明な菌糸のようなものが盛んに流れこんでいるのではないか、意識はそのように占拠され収奪されているのではないかと想像した。

人の群が滞っている交差点の手前から、意味不明の怒声が聞こえてきた。警察官の制止を無視して何人かの若者が道を渡ろうとしている。機動隊はいない。若者らは交通警察官と揉みあっているようだ。怒声は若者たちが警察官に対して発したらしく、若者らを諌《いさ》めるようなデモ主催者の声も交叉した。それにかぶせるように背後から舌打ちと「ばか、なにやってんだか……」という疲れの滲んだ老人の呟きが聞こえてきた。なにやってんだか。その言葉に背中を押されるように、私は行列から離れ地下鉄の駅に向かった。閾のような地下の構内に下りていく。閾が侵されていると思う。そこに棲み、怒り悲しみの基となっていた人間的「個体知」のようなものが、埒もない「メディア知」のようなものに修正されたり閉めだされたりしている。自衛隊派兵を怒る人間的な個体知が、もうすでにイラクに派遣されたのだから、いまは彼らの無事と任務の成功を祈るほかないという、既成事実に基づくメディア知によって駆逐されつつある。お腹を空かせた北朝鮮の子供たちに食料を送るのがなぜいけないのだと憤る個体知が、制裁は当然というメディア知に排除される。外交官二人の殺害についてもそうだ。おびただしい数のイラク人の死傷者は忘却され、メディア・イベントとして物語化された「同胞の死」のみがナショナルな集合的記憶を形成し、異論を許さない聖域をこしらえていく。米英軍により家族を殺され、領土を占領された者たちの怒りの闘争はかつての南ベトナム解放戦線のそれと同様に正当なレジスタンスといえるのではないかという個体知も、反テロ戦争という根拠なきメディア知に押しのけられる。メディア知はおそらく「国家知」に重なる。両者には閾の共犯関係がある。苛烈な議論、熾烈な闘争があるわけではない。ほの暗い識閾での、声調の曖昧なやりとりがあるだけだ。マスメディアが深く深く介在するそこに、強権発動を少しも要しない協調主義的な日本型ファシズムが生成される微温く湿った土壌がある。個体知の怒りはメディア知によって真綿で首を絞めるように殺され、消去されていく。おそらく犯意はどこにもない。編集幹部や記者やプロデューサーやディレクターたちには、特段の正義感も悪意も、むろん犯意もありはしない。躰を張った激しい議論もあるわけではない。彼ら彼女らはしばしばたがいの閾下で無言の相互理解をしている。マスメディアという閾下の犯罪装置に私たちの識閾が連なっている。その闇の不可視の回廊を撃ち、断つべきではないのか。

h

石川淳は短編「マルスの歌」のなかでファシズムの不可思議な波動について「この幻燈では、光線がぼやけ、曇り、濁り、それが場面をゆがめてしまう」とスケッチしたが、それはいま、私たちの閾下の眺めにも揺曳しているかのようである。私がさっきまでいた集団ピクニックか仮装行列のような群もそうだ。「たれひとりとくにこれといって風変りな、怪奇な、不可思議な真似をしているわけでもないのに、平凡でしかないめいめいの姿が異様に映し出されることはさらに異様であった。『マルスの歌』の季節に置かれては、ひとびとの影はその在るべき位置からずれてうごくのであろうか」。この国の一見穏和なファシズムの波動は、私がいたあのパレードの光と影をも歪めていたのではなかろうか。そのためなのだ、われわれの身体は本来あるべき怒りの位相からずいぶんずれて動いているようだ。覚めてあやかしの鬮を撃つ。メディア知や国家知を徹して疑う。怒りの内発を抑えない。一人びとりが内面に自分だけのそれぞれに質の異なったミニマムの戦線を築く。そこから街頭にうってでるか。いや、いや、街頭にうってでるだけが能ではなかろう。どこにも行かずひたすら内攻し、その果てに日常にクラックを走らせるだけでもいい。この壮大な反動に見合う、自分独自の抵抗のありようを思い描かなくてはならない。ときに激しい怒りを身体で表現する。そうしたら、いつかまた路面がゆらゆらと揺れる日が訪れるのだろうか。

初出：『世界』２００４年３月号に掲載された「抵抗はなぜ壮大なる反動につりあわないのか」に大幅加筆。『抵抗論』所収

4

国家

もっともよい場合でも、国家はひとつのわざわいである。

記憶殺しと記憶の再生

「記憶殺し」という言葉がある。スペインの作家ファン・ゴイティソーロが自著『サラエヴォ・ノート』で記しているのだが、一九九二年八月、セルビア人過激派勢力が焼夷弾でサラエヴォ図書館（旧東方学研究所）を焼き払った事件を、彼は満腔《まんこう》の怒りをこめてそう形容したのである。九五年、私がパリでゴイティソーロと対談した際も、多数の人間の生身を破砕することにも等しい極めて残虐な行為として、「記憶殺し」を彼は繰り返し色をなして非難した。図書館を歴史と文化を宿した多くの抽象的人体（記憶）の集合体とみなせば、焚書はまさに大量殺人に相当すると私は得心したことだ。こうした記憶や記録の抹殺、改竄、操作という組織的暴力は、ナチス・ドイツや旧日本軍の時代にとどまらず、世紀末現在でも形を変えて引きつづき世界各所で行われており、私たちは最大限これに注意を払わなくてはならないと彼は指摘した。

新平和祈念資料館の展示内容を、旧日本軍の加害行為や残虐性を薄めるべく、沖縄県側が意図的に変更しようとしていたとの事実が明らかにされたとき、私は反射的に「記憶殺し」という言葉を思い浮かべた。「殺し」とはずいぶんオーバーな、と県当局はいうかもしれない。しかし、出来事、記憶、証言をなかったことにしたり、恣意的に改竄したりするのは、いいわけがどうあれ、やはり「殺し」に匹敵する犯罪なのだと私は思う。なぜなら、戦時および米軍統治下の記憶にはすべて、尊い人間身体が深くかかわっていたからだ。

県が作成した見直し案の文書では、展示物を説明する用語が「虐殺」から「犠牲」に変更され、ガマ（自然洞穴）の復元模型からは住民に向けた日本兵の銃が抜き取られ、「日本兵の残虐性が強調されすぎないように配慮する」と記されていたという。二十ヵ所に上る見直し項目のいずれも、生々しい身体の記憶を薄め、加害と被害の関係をあいまいにする意図のあることが歴然としている。土台、「虐殺」と「犠牲」とでは、天と地ほどの開きがある。沖縄戦当時の日本軍による住民の壕《ごう》追い出し、虐殺、食糧強奪などの所業は、幾多の証言も裏付けもある動かし難い事実である。これを変更することが「記憶殺し」でなくて、いったい、なんであろうか。

見直し案はすでに撤回されたというから、より正確には「記憶殺し未遂事件」とでも呼ぶべきかもしれない。だが、私たちは県当局がひそかにあたためてきた恥ずべき構想の一端をはからずもこの目で見てしまったのである。つまり、歴史修正の意図と「記憶殺し」

の下心を、だ。見直し案を撤回しても、おそらく、彼らの底意が変わることはあるまい。後代に引き継ぐべき沖縄戦の貴重な記憶をみすみす殺すか、しっかりと再生させるか——激烈な「記憶の戦い」がもうはじまっているともいえる。この上は、どちらが次代にとって大事か、それぞれが自らに問うほかないのである。

新平和祈念資料館をめぐる今回の事件は、沖縄に独特のものであろうか。あるいは、記憶の風化(忘却)として一般化できることがらであろうか。私は沖縄独特とも、記憶の風化一般の問題とも思わない。戦争を「悲惨な出来事」という名辞で、あたかも自然災害のように語り、加害者と被害者を同列に置き、主体と責任の所在を隠すことにより、〝国民意識の統合〟を図るやり方は、この国の為政者の間では、中央と地方の別なく、近年とりわけて顕著になっている。むしろ、国家的規模で歴史的事実の忘却を計画的に奨励しているのであり、沖縄の事件はこれに連動しているともいえる。

その象徴の一つが、一九九九年八月の国会で成立した国旗・国歌法であろう。日の丸・君が代を制度化することにより、あの旗、あの歌をめぐる戦争被害者のつらい記憶を封じ、国家および昭和天皇の戦争責任を問う、未決着の議論を閉じさせる意図が明白である。歴史の忘却ほど国家にとって都合のいいことはないのだ。

戦闘員より一般住民の死者のほうが多かったという沖縄戦の過酷な実相は、国家と戦争と無告の民の関係をこれ以上はないほどくっきりと浮き彫りにした、永遠に学ぶべき史実である。平和は、記憶をいかになくすかではなく、記憶をいかに正しく再生するか、次代にいかに継承するかにかかっている。いま、主要国首脳会議（沖縄サミット）を、なにやら祭りのように語るべきではない。史実の改竄なき、堂々たる新平和祈念資料館を、二〇〇〇年七月には各国首脳にも参観させて、戦争と平和に関する実りある討議を深めるよう、いまから働きかけるべきではないか。

初出：「沖縄タイムス」１９９９年10月14日付朝刊。『抵抗論』所収

わあがあよおはー

賢治が小学校時代もっとも影響を受けたのは三、四年担任の八木英三先生で、（中略）**この人はのちに早稲田大学を出て中学の教師となったが、「君が代は」じゃない「わが代は千代に八千代に」といって問題をおこし、警察に引っぱられたことがあり、敗戦の時まで終始にらまれていた。**（堀尾青史『年譜　宮澤賢治伝』から）

なるほど、「銀河鉄道の夜」のカムパネルラにもジョバンニにも、「君が代」などおよそ似つかわしくない。セロ弾きのゴーシュだって、国を背負ったりしていない。「グスコーブドリの伝記」のブドリを、「よき臣民」に見たてるのにはどうしたって無理がある。宮沢賢治の作品群には、つまるところ、「大日本帝國ハ萬世一系ノ天皇之ヲ統治ス」（大日本帝國憲法・第一章第一條）だの「天皇ハ神聖ニシテ侵スヘカラス」（同第三條）だのといった当時の強圧的制度が、いうもおろか、いかなる影も落としてはいない。土台、国籍不明といっていい作品さえ多々あるし、人と宇宙への無限に深いまなざしが、たとえば「皇統連綿」などという概念を、(彼は一度だってそう書きはしなかったけれども)ちっぽけで怪しげなものとして、はるか彼方に遠ざけてしまうのである。

でも、なぜそうできたのか。彼の内宇宙は、国家や神聖天皇制により無化されるのでなく、逆に内宇宙のほうが、あたかもブラックホールのように、それら共同幻想を手もなく呑みこんで、気がつけば、無と化してしまっている。なぜそれが可能だったのか。彼の作品群を組み立てている銀河系規模といっていいほどの大きな観念に触れるたびごとに、私は不思議に思ってきた。

とても自由な心の持ち主だったという八木英三先生との出会いを例に、右のわけをいくらかは説明してみたい衝動にかられもするけれども、そうしたくたって、八木先生と賢治にまつわる話というのがそれほど多く残っているわけではない。賢治たちを受けもったとき、先生はまだ十九歳であったこと。教室でエクトル・マロの『家なき子』の翻案である『まだ見ぬ親』(五来素川《ごらいそせん》)などの童話を読んで聞かせ、賢治が熱心に耳かたむけていたこと。後に賢治が先生に邂逅《かいこう》した際、自分の童話には先生の話が影響しているとして感謝したといわれること。あらまし、その程度の伝聞にすぎないのだ。

にしても、「わが代は千代に八千代に」とは大した傑作ではないか。堀尾さんの文をはじめて読んだとき、花巻の尋常小学校の木造校舎で、賢治少年らが八木先生の音頭により、「わあがあよおはー」と大口開けてうたっている図を、私はどうしても想像してしまい、まことに感に堪えなかったものである。この文脈からすると、八木先生が警察に引っぱられたというのは中学教師拝命後と思われるから、厳粛なる「君が代」ならぬ「わが代」斉唱は、残念ながら、賢治の小学時代になされたものではなさそうなのである。いや、そもそも斉唱されたことなどあるのかどうか、じつのところ、まったく不分明なのだ。

問題は、しかし、「わが代」斉唱の歴史的事実いかんではない。「君が代は」じゃない、「わが代は千代に八千代に」だといい放つような教師が、大逆事件より前の一九〇五年ごろ、この国の東北地方に実在し、その先生を小学生だった賢治が好いていたということがより重要ではないか。しかも、皇室に対し「不敬ノ行為」をなした者は、三ヵ月以上、五年以下の懲役に処するとされていた神聖天皇制下の時代に、である。

もうひとつ注目すべきは、「わが代は千代に八千代に」に漂う、どこか不敵なユーモアである。替え歌といっても、たったの一箇所、「君が」を「わが」に替えただけで、趣旨を完全に一変させてしまう智恵と茶目っ気が素敵である。「わが」のところに、「人民」とか「民衆」とかをあてるという政治的発想もあって当然だけれど、そのような紋切り型は、こうした場合、洒落《しゃれ》にならない。「わが代」が、あくまでも個人的に、「石の巌となりて苔のむすまで」栄えるという、なんの根拠も屈託もない自己賛歌ぶりが、かえって笑えるのである。

翻《ひるがえ》って、象徴天皇制下にして不敬罪もないはずのいま、八木英三先生のような教員が、ほぼ絶滅しかかっているのはなぜなのだろう。それどころではない、一九九九年の「国旗・国歌法」採択以来、学校では現行憲法がうたう「良心の自由」など、事実上否定されているに等しいではないか。新聞やテレビではあまり詳しく報じられていないけれども、入学式や卒業式での日の丸掲揚や「君が代」斉唱に逆らう教職員らが、このところ多数処分されている。胸に抗議のリボンをつけただけで、地方公務員法の職務専念規定違反だとして戒告されたりしてもいる。そればかりではない。マークシート方式で日の丸・君が代に対する教員らの意識調査というより思想チェックをやってみたり、一部には陰湿きわまりない監視までなされている。

これに加えて、小中学校で二週間、高等学校で一ヵ月間の奉仕活動を行い、やがて満十八歳の国民すべてに一年程度の奉仕活動を課すといった、「教育改革国民会議」の提案も、現場教員らのとまどいのもとになっているという。さらには、中曽根元首相や「新しい歴史教科書をつくる会」などがしきりに唱える「公の観念」の発揚なども、教育現場への精神的圧力になっている。復古調の教育指針を押しつける側にも、それに抗う側にも、心の閉塞はあっても、どうやらユーモアもヘチマもありはしないようなのだ。

さて、どうだろう、二〇〇一年の先生たちも、ここはいちばん、八木先生にならい、「君が代」じゃないぞ、「わが代は千代に八千代に」だぞと、教室でもいい、職員会議でもいい、いい、敢然といい放ってみたら。そこで盛り上がれば、「わあがあよおはー」とみんなでうたうも結構、うたわぬも結構。それだけのことで、もしも、いちいち処分がでるとするならば、この国は九十数年前と同じということではないか。思えば、教育への強権的な干渉者たちは「オッペルと象」のオッペルに似てきている。〝象〟にはオッペルを踏みつぶす力もないのだけれども。

初出：「サンデー毎日」２００１年８月５日号。『永遠の不服従のために』所収

二重思考《ダブルシンク》

平和省は戦争、真理省は虚構、愛情省は拷問、豊富省は飢餓を所管事項としている。これらの矛盾は偶発的なものではなく、また通常の偽善から発生したものでもない。いずれも二重思考の意識的な実践なのである。それというのも、ただ矛盾を調整させることによってのみ権力は無限に保持して行けるからだ。（ジョージ・オーウェル『一九八四年』新庄哲夫訳から）

かつてソマリアを取材したとき、国連の「平和執行部隊」に所属する米軍が、病院に平気でロケット弾をぶちこんだり、罪とがない市民を射殺したりするような乱暴狼藉《ろうぜき》を重ねているのを知って、なにが「平和執行」なものかと、怒りが収まらなかったことがある。次元はまったくちがうが、この国の「動物愛護センター」なる自治体の施設が、捨て犬、野良犬をたくさん殺すのを業務としていたりもする。はたまた、「人権救済機関」が、権力介入誘導機関となったりもする。言葉と現実が裏腹であり、名辞が概念を裏切り、実態が名称をあざける。警察に盗聴捜査を許す法律を「通信傍受法」といいなすのも、名称と実態の大いなる矛盾だ。言葉の堕落もここまでくると倒錯としかいいようがないのだが、困ったことには、眼と耳が慣らされると、堕落とも倒錯とも感じなくなる。消費者金融関係のまことに明るく、お優しい商品名がそうだ。

これらは、オーウェルが未来小説『一九八四年』で予言的に描いたとおりだ、などと、いまさらいいたくはない。この小説の発表以来、半世紀以上にわたり、ときに反共主義者が旧ソ連や中国を非難するよりどころとし、またときには、リベラリストが管理社会を難じる際に牽強付会《けんきょうふかい》の材料としつづけた、いわば手垢のついた手法だからだ。ただ、ひとつの国家における法律や制度、組織の美名が、実態と裏腹であればあるほど、その国の国家主義的な病は、なべて重篤なようではある。まさに、オーウェルが『一九八四年』で極端化してみせたとおりなのだ。

その伝でいえば、日本もこのところ、国家主義的傾向が加速している。名称と実質がまるっきり異なる法案を、またぞろ政府が通そうとしているのだ。「個人情報保護法」が、それである。ほら、一見、ほんとうに良さそうな名称でしょう。ところが、全六十一条で構成されるこの法案、よく読むと、「個人情報の保護」どころか、戦後例を見ない規模の言論規制を細かに明文化しており、国家による社会全域の情報管理・統制をねらったものとしか解釈できないようなシロモノなのだ。

同法案第五章の「個人情報取扱事業者の義務等」に注目したい。①個人情報をあつかう事業者は利用目的を明確にし、本人にも通知しなければならない②第三者への提供が利用目的を超え、個人の権利、利益を侵害する恐れのあるときは本人の同意をえる③第三者から情報を取得することが必要かつ合理的な場合を除き、原則として本人から同意をえる④本人の求めがあれば、開示や訂正、利用停止、消去をしなければならない――等々とある。

悪徳名簿業者らの存在を前提にすれば、一応、なるほどという法案のようだが、かりに、私が政治家や官僚の不正疑惑について取材、発表しようとしたら、彼らにその目的を通知しなければならない、というわけだ。記事として発表するにも本人の同意が必要となる。

さらに、本人から記事内容の訂正を求められたら、それに応じなければならず、拒否すれば主務大臣から勧告または命令がだされ、これに背けば、六ヵ月以下の懲役か三十万円以下の罰金刑に処せられる。これでは、ろくな取材も発表もできるわけがない。

ただし、「放送機関、新聞社、通信社その他の報道機関」が「報道目的」で個人情報を使用する場合は、右の規定は適用されない。国家権力に和解的で、体制内化したような大マスコミは、記者個人がよほど跳ね上がったりしなければ、お目こぼしというわけだ。いわゆる報道機関以外の「個人情報取扱事業者」が対象なのだが、これに明確な定義はなく、私のような作家やフリーライターはもとより、NPOもNGOも企業も市民運動組織も、要するに犬やハムスターなどを除けば、論理的には、だれもがこの法律の適用対象となる可能性がある。

そのことも恐ろしいのだけれども、もっと戦慄するのは、この法案が、政府各機関、警察など公権力が抱えている膨大な個人情報に関して、保護義務を課していないということだ。国家はあらゆる個人情報を専有し、それをどのようにでも使用できる——と宣言しているようなものではないか。一説によると、法案の究極目的は、日々乱れ飛ぶインターネット情報の完全な国家管理だともいう。国家の統制機能というのが、過剰情報化社会という今日的風景に合わせ、不気味に強化され、拡大しつつあることは疑いない。

これに対し、お国からお目こぼしの恩恵にあずかる新聞、放送メディアは、いまのところ、おありがとうござーい、というわけで、大きな反発を示していない。「報道と人権委員会」（これも、『一九八四年』的な、内容と裏腹の美名である）といった〝報道検証機関〟をこれ見よがしに設けたり、しきりに殊勝顔をしてみせて、全体としては、やるべき報道をやらない自己規制に傾いているメディアが増えている。げに、世も末である。

冒頭の引用に戻ろう。『一九八四年』が描いた全体主義国家では、報道や教育、娯楽、芸術は、すべて「真理省」の管轄である。わが方の情勢にぐいっと引きつけていえば、新聞もテレビも文部科学省も、「真理省」に属するというあんばいだ。そこでは、「真実」が国家の管理下におかれ、政府に不都合な歴史的事実、統計などは、消去されたり、変造、捏造されたりする。個人が過去を正しく記憶したり、反省したりするのは「思想犯罪」にあたるのだ。一方、党員たちは、「二重思考」、すなわち「一つの精神が同時に相矛盾する二つの信条を持ち、その両方とも受け容れられる能力」を身につけなければならない。白を黒といいはり、本気でそう信じるのは、大事な能力なのだ。言語も改造されており、「新語法《ニュースピーク》」ですべての表現を簡略化し、人間の意識、感情の量はできるだけ減らすべきこととされる。

やはり、『一九八四年』の全体主義国家は、くやしいけれど、どこかの国に似ている。いや、どこかの国がこの小説に似てきているのだ。新聞社やテレビ局のビルの壁に、真理省のこんなスローガンが大書されていないか、われわれはいま、しっかり眼を凝らす必要がある。

戦争は平和である
自由は屈従である
無知は力である

初出：「サンデー毎日」２００１年９月９日号。『永遠の不服従のために』所収

国家

国家の存続はどうも我々の理解の及ばないことであるらしい。（中略）それはしばしば、内部の致命的病弊にもかかわらず、不公正な法律の害悪にもかかわらず、暴政にもかかわらず、また役人どもの専横と無知・民衆の奔放と反乱とにもかかわらず、存続する。（モンテーニュ『随想録』第三巻から　関根秀雄訳）

国家とはいったいなんなのだろう。ブッシュやコイズミが、まるで自分の持ち家かなにかのように語る「わが国」とは、ぜんたい、なにを意味するのだろう。国家とは、たとえば、手で触ることのできる、ひとつの実体なのであろうか。そこには、なんらかの中心があるものなのだろうか。それは、この眼で、全体像を見とおせるものなのだろうか。人間にとって、ほんとうに必要なものなのだろうか。それは、私の心を解くものなのか、縛るものなのか……。

視圏の彼方の海市《かいし》のように、国家は浮かんでは消え、消えては浮かび、結局、考えあぐねて、ここまで生きてきた。いまだに腑に落ちないのだ。なのに、この世のあらゆる闇の発生源には、国家と資本と性の問題が、たがいに深く結ぼれて絡まりあう、三匹の種類の異なる毒蛇のように、かならず、どっかりと居座っているものだ、と私は信じている。そのうち、いちばん御《ぎょ》しやすそうに見えて、もっとも御しがたいのが、国家の問題だ。

古くからの問いを、いま一度、自分に問うてみる。国家とは、可視的な実在なのであろうか。最近、私は、こう思う。国家は、たしかに、可視的な実在でもある。だが、国家は、それを視覚的にとらえようとする者のすべてに、なぜか、〝錯視〟のような曲解を余儀なくさせるものだ——と。たとえば、エンゲルスが、「実際はしかし、国家というものは一階級による他階級の抑圧機関以外の何ものでもない」（ドイツ版『フランスにおける内乱』第三版への序文）というとき、軍隊や警察などの暴力装置をふくむ、可視的な実在もイメージされている。それはそれで国家の明証のようなものなのだけれども、やはり、錯視のような一部分の極大化、他部分の極小化があるのではなかろうか。

国家が、本質的に抑圧機関であることは疑いない。けれども、まったくそうではなく、あたかも救済機関や理性（真理）体現機関のように、魅力的に見せかける欺罔《ぎもう》に長《た》けているのも、近代国家の特徴ではある。要するに、ひどく見えにくい。国家の、そうした不可視性こそが曲者である。なぜ、見えないのか。それは、国家というものが、断片的な実体とともに、非実体である〈底なしの観念領域〉を併せもつからではないだろうか。換言すれば、国家とは、その図体のほとんどを、人の観念領域にすっぽりと沈みこませているのではないか。極論してしまえば、国家は、可視的な実体である以上に、不可視の非在なのではないか。

極論をさらに、進めてみる。国家は、じつのところ、外在せず、われわれがわれわれの内面に棲《す》まわせているなにかなのではないか。それは、ミシェル・フーコーのいう「国家というものに向かわざるをえないような巨大な渇望」とか「国家への欲望」とかいう、無意識の欲動に関係があるかもしれない。ともあれ、われわれは、それぞれの胸底の暗がりに「内面の国家」をもち、それを、行政機関や司法や議会や諸々の公的暴力装置に投象しているのではないか。つまり、政府と国家は似て非なる二つのものであって、前者は実体、後者は非在の観念なのだが、たがいが補完しあって、海市のように彼方に揺らめく国家像を立ち上げ、人の眼をだますのである。そのような作業仮説もあっていいと私は思う。

ひとつの例としては、「国挙げて奮ひ起つべし大君のみまへに死なむ今ぞこの秋《とき》」と、真珠湾攻撃後の一九四二年初頭に、北原白秋が激《げき》してうたったときの「国」。それもまた、もともとは彼の内面の国家なのであって、それが、実体としての帝国軍隊の〝勇姿〟に刺激されて膨張し、膨張したまま、実体的軍隊や天皇や戦闘機や軍艦に投象されたのだ、と私は推理する。この歌のくだらなさは、したがって、白秋が体内にふくみもっていた国家像の、とんでもない貧困に起因するのであろう。

内面の国家像の貧困については、このところ、日々にいよいよ新型のファシストめいてきたコイズミとて同じである。彼は彼の内面の国家の領袖をもって任じているはずである。それはそれで構いはしない。ただ、察するに、コイズミにおける内面国家には、右翼少年のような情念はあっても、守るべき憲法がない。失業者、貧困者、弱者への思いやりに著しく欠ける。彼ら彼女らが生活苦と絶望のあまり、いくら自殺し、一家心中しようとも、コイズミはいささかも憂えるということがない。コイズミの内面国家では、〝敗者〟ではなく、〝勝者〟こそが主人公でなければならないのである。いいかげんな構造改革による非受益者層の命運がどうあれ、米国としっかり手を携えて、〝悪〟に対する戦争をすることのほうがよほど大事なのだ。だが、彼の内面国家においては、〝悪〟とはなにかの想像力が、彼の大好きな保安官ブッシュ並みに、欠如している。靖国神社、神風特別攻撃隊、「海行かば」、エルビス・プレスリー、ゲーリー・クーパー、保安官ブッシュ……など、刺身とハンバーガーと山葵《わさび》とマスタードが渾然《こんぜん》一体となったような、不気味な味にまみれて、ひとり悦に入っているだけである。

その低劣な内面の国家を、現状に投影して、強引に通してしまったのが、テロ対策特別措置法、すなわち、戦後はじめての「戦争参加法」である。コイズミがどのようにいいつのろうと、この悪法が、周辺事態法よりもさらに踏みこんで、自衛隊の戦争参加に大きく道を開くものであることは、一目瞭然である。そうまでして、親分ブッシュに取り入ろうとする彼の心性は、ひとつの謎である。私の言葉ではないけれども、これは、古風に表現するなら、いわゆる〝売国〟というやつではないか。

国家を語ろうとして、怒りのあまり脱線した。エンゲルスは前述の序文のなかで書いている。「もっともよい場合でも、国家はひとつのわざわいである」と。内面の国家についても、外在する国家についても、これ以上正確な表現はない。にもかかわらず、わざわいとしての国家は存続する。ならば、私は、せめて、私のなかの国家を、時間をかけて死滅させてやろうと思う。

初出：「サンデー毎日」２００１年11月４日号。『永遠の不服従のために』所収

オペラ

深い思想や芸術というものは、人々をけっして直立不動や敬礼に導かないはずだと思うのです。それに、オペラと「君が代」の組み合わせはいかにも無粋です。
（翻訳家Mの私へのEメールから）

友人の翻訳家Mが女友だちとワシントン・オペラの「オテロ」を鑑賞しにNHKホールに行った。七月十日、水曜日、あの台風の夕に。オテロ役のプラシド・ドミンゴの「最上質の天鵞絨《ビロード》のような」テノールを聴くのを昨秋からずっと楽しみにしていたから、おりからの激しい雨も風も気にならなかった。それに、やっとのことで手に入れたS席六万五千円のチケットである、台風だろうが地震だろうがむだにするわけにはいかなかったという。ところが、六時半の開演直前、まったく予想もしないことが出来《しゅったい》した。二階席から時ならぬざわめきと拍手が聞こえてきたのだ。はてなにかと見上げれば、首相コイズミ堂々の入場であった。ああ、興がそがれるじゃないか、と内心舌打ちしたそのとき、指揮者のワレリー・ゲルギエフとオーケストラがMをさらに驚愕せしめる挙にでた。なんと、コイズミ入場に合わせるように「君が代」の演奏をはじめたのである。いうまでもなく、これは演目にはない。Mは大いに困惑したのだが、満員の客はそうせよというアナウンスもないのに一斉に起立し、声にだしてうたう者も少なからずいて、これまたMをたじろがせた。オーケストラは「君が代」終了後、米国国歌も演奏し、「オテロ」開演はそのあとになったのだそうだ。とんだ災難ではある。

さて、Mとその女友だちの身体は、「君が代」プラス「ザ・スター・スパングルド・バナー」（米国国歌）のダブルパンチにどう反応したのか。Eメールによると、「ずっと座っていました。いや、その長かったこと。隣を見ると、彼女も涼しげな顔で着席していました。そうするようにべつに二人で打ち合わせたわけではありませんが……」。眼をこらすと、右前方にもぽつんと一人だけ座ったままの男がいたけれども、ホールは見わたすかぎり直立者の群れであったから、着席したままのまつろわぬ者たちは、目立ちたくなくても目立ってしまう結果になったという。その風景に私は興味を抱いた。Mは起立しなかったわけについて冒頭のような文を書き送ってきたのだが、「無粋」だから立たなかったのだ、

という ごくあっさりしたものいいに私は感心した。オペラ鑑賞に行ったのに、なにゆえ予告もなく「君が代」を聴かされなければならないのか。まして、なぜに起立しなくてはならないのか。一万歩譲歩しても、コイズミに対するに「君が代」とはこれいかに、ではないか。そのように反発する少数者の気分と権利と身体動作もまた、嫌煙者の権利同様に護られなければならない——などと、私ならやや肩肘張っていいつのったかもしれない。

だが、どう語りどう書こうが、この種のことは、いうは易く行うは難《かた》しなのである。同一方向を向いた数千人の直立者の樹林が現にここにある。樹林の多数の者たちが同じ歌をうたっている。その樹林に和するか和さないか。無心に起立し素直にうたうということのできない個体にとっては、まさに思案のしどころである。起立したところで、自分以外のだれも責めてくるわけではない。逆に、起立しなければ、周囲から譴責《けんせき》の視線を浴びる可能性がある。一方では、和して同ぜずといった、インチキ政治家ふうのいいわけだってないわけではない。つまり、しぶしぶ起立はするが、うたうまではしないといった中間的選択肢もありではないか。「君が代」に心の底から同調しているわけではないこの国の自称革新政治家や新聞記者や作家やテレビキャスターやオペラ評論家らの大方も、苦笑いするかしないかのごまかしの差こそあれ、起立くらいはしているのである。なに、ほんのちょっとの我慢じゃないか。さあ、どうするか。

私はやはり、Mたちの選択にくみする。すなわち、暗い樹林の底に身も心も沈めて、ああいやだ、ああいやだとあの憂鬱な歌の終わるのを首をすくめて待つほかないのである。かたくなにその姿勢をとるのは、だれのためでもない、自分のためだ。自分の内心の贅沢のためである。思想や芸術は、国家や君主を言祝《ことほ》ぐのを本来拒むものだ。Mのいうとおり、直立不動や敬礼を求めてくるとしたら、それは芸術でも思想でもありえない。あれは特別の歌だ。この国の歴史への反省というものをまったく欠いた歌である。あの歌の詞を私は好まない。あの歌が引きずっている途方もない暴力の歴史と、濡れた荒縄でじわじわ心を締めつけてくるような音律を私は好かない。まつろわぬ者への暴力をほのめかすような、あのドスのきいた音階が不気味だ。そのことを、おそらくゲルギエフは知らなかったにちがいない。ゲルギエフ・ファンの私としては、正直、少しばかり失望もしたのだけれど、彼にはなんの罪もないのである。あの歌をどう考え、どう対応するかは、もっぱらこちら側の問題なのだから。ゲルギエフの振るムソルグスキーやチャイコフスキーのすばらしさは、このたびの一件によっても減じられることはないだろう。ただ、私が聴きに行くコンサートでは、後生だから、あの歌だけはやめてほしいものだ。

あの日、公務も台風被害もものかは、オペラ鑑賞を敢行した首相を当然ながら野党が批判した。それへのコメントを記者団に求められて、彼は「文化を理解しない人はそういうね」と一蹴したのだそうだ。差別的用語をこの際承知で用いるならば、この田舎センスまるだしのコイズミの得意満面ぶりを記者諸氏はもう少し深く解析してみたほうがいい。神風特攻隊や「海行かば」に涙し、靖国を愛し、かつジョージ・W・ブッシュの忠犬でもある御仁が、同時に、世人より文化を解するのだそうである。臍《へそ》で茶をわかすとはこのことだ。オペラに行くのは結構である。だが、人に迷惑をかけずに、もっと粋にひっそりとやれないものか。だれが演出したのか、「オテロ」開演前の「君が代」と「ザ・スター・スパングルド・バナー」ですっかり悦に入り、終幕後にはドミンゴらと握手して大はしゃぎ。このミーハー独裁者につける薬はどうやらなさそうである。

心優しいわが友Mは、むろん、私のように口汚くコイズミをなじりはしない。六万五千円を返せともいいはしない。コイズミ登場に鼻じろみ、あの歌には座して耐えて、ずぶ濡れになって帰宅したのだそうだ。さんざんみたいなものだが、それでも行ってよかったという。ドミンゴの声にはやはり聴き惚れた、生きていてよかった、と興奮していうのであった。

初出：「サンデー毎日」2002年8月4日号。『永遠の不服従のために』所収

仮構

しかし、月と名づけられたきみをあいかわらず月とよんでいるのは、もしかしたらぼくが怠慢なのかもしれない。

（フランツ・カフカ「ある戦いの記録」『カフカ全集2』から　前田敬作訳）

例えば、月はもはや月ではないのかもしれない。ずっとそう訝ってきた。でも、みんながあれを平然と月だというものだから、月を月ではないと怪しむ自分をも同じくらい訝ってきた。引用したカフカの文は「ぼくがきみを〈奇妙な色をした、置き忘れられた提灯〉とよんだら、きみは、なぜしょんぼりしてしまうのだ」とつづく。そうだ、これが怠慢のわけである。失意や反感をおそれるあまり、すでにその名に値しなくなったものをその名で呼んでしまうことはしばしばある。そうするうちにも、仮構の風景は日々、無意識に、着実に、誠実に、勤勉に、鈍感に、露ほどの悪意もなくつくられている。その作業に言葉が動員される。言葉の芯に鬆《す》の立った言葉と、何日も野ざらしになった犬の糞みたいなクリシェが、大量に。それは風景の捏造《ねつぞう》というものだ、と何度声張りあげたことか。疲れる。まともにつきあっていると、こちらの言葉にも躰にも鬆が立ってくる。言葉が犬の糞になる。なじった相手から染《うつ》るのだ。だから疲れる。黙《もだ》すこと。黙しがたきを黙すこと。引きこもること。ほんとうはそれがいちばんだといつも腹の底では思っている。けれども、人間ができていないものだから、ついまた口にしてしまう。国会が有事法制関連三法案を継続審議とすることを与党の賛成多数で決めた。反対派の力で不成立となったのではない。いわば「敵失」（与党にとってみればオウンゴール）でこうなっただけのことだ。早稲田大学で戦術核保有は違憲ではないというでたらめ発言をした安倍晋三官房副長官らは、なに羞じることなく、秋の臨時国会では有事法案をかならず成立させると力説している。その安倍がしきる内閣官房は、法成立後二年以内に整備するとして先延ばしした五つの追加法制案ごとに、関係省庁を横断した作業チームを設置するのだという。すなわち、①国民の保護②自衛隊の行動の円滑化③米軍の行動の円滑化④捕虜の取り扱い⑤武力紛争時における非人道的行為の処罰――の五チームを編成、案文の検討などをはじめると新聞はごく地味に伝えているけれども、仮構の風景はこうして何気なくつくられていく。五チームの設置は「武力攻撃事態法案」第二十三条に基づくものだが、今後の追加法整備がどう推移し、この国にどれほど巨大な戦争法制システムができるかについては、専門記者だって正確なイメージをもっていないにちがいない。どだい、「国民の保護」だとか「国民保護法制」だとか、おぼっちゃま記者たちが官報よろしく役人からいわれたとおりに書いているようでは話にならない。有事の際の「警報発令」「避難指示、避難地確保」「被災者救助」「社会秩序の維持」……これが「国民保護法制」の中身なのだと、さも当然とばかりに若い記者たちは報じる。戦争も戦場も知らないのだ。いや、知ろうともしていない。言葉を巧みにすり替えた政府案が、そのじつ、灯火管制、夜間外出禁止令、立ち退き命令、疎開命令などの国民に対する命令・強制の法規であることに気づいていない。「社会秩序の維持」にしても、実際には、労働・社会運動の抑圧、思想・言論統制、スト禁止につながることに思い至らない。「国民保護法制」なるものの中核の一つには、民間防衛組織の確立があり、これが住民相互監視、告げ口、軍事教育、防衛訓練を導くことになることに思いをはせていない。要するに記者たちは、この面であきれるほど素人であり、ナイーブ（ばか）なのであり、不勉強であり、事態をなめてかかっているのである。なにが「国民保護」なものか。完全なる「国民強制法」ではないか。官製の言葉で風景を捏造するために記者になったわけではないだろう。この国で見る月はもはや月ではないかもしれないのだ。だとしたら、あの一見まるいものを以前と同じように「月」と呼ぶのは怠惰というものだ。以下の問題も、ただいわれたとおりに伝えるのなら、風景の仮構にすぎない。福田康夫官房長官が、衆院有事法制特別委員会の質疑で、有事における国民の私権制限についての政府見解を示し、「国および国民の安全を保つという高度の公共の福祉のため、合理的な範囲と判断される限りにおいては、その制限は憲法第十三条（個人の尊重）などに反するものではない」と述べた。第十九条（思想および良心の自由）と第二十条（信教の自由）についても「内心の自由という場面にとどまるかぎり絶対的な保障である」という一方で、「外部的な行為がなされた場合には、それらの行為もそれ自体としては自由であるものの、公共の福祉による制約を受けることはあり得る」と語ったという。なにやら遵法《じゅんぽう》を衒《てら》っているようで、これほど憲法を虚仮《こけ》にした話はない。小泉内閣においては、憲法に違反し戦争を構えるということが、「国および国民の安全を保つという高度の公共の福祉」だというのだから驚き、桃の木、山椒の木である。「それ自体としては自由であるものの、公共の福祉による制約を受ける」にいたっては、まるで判じ物であり、憲法だけではない、言語そのものの否定である。これを言葉として理解しろというのか。人を愚弄するのもたいがいにしたほうがいい。もっともらしい言葉の芯に、醜い髭が立っている。新聞はその髭入りの言葉にみずから同化し、それが広く伝播《でんぱ》するにまかせているのだから罪深い。「外部的な行為」とは、どうやら、自衛隊法改正案第百二十五条などが定める有事の際の物資の保管命令のことのようだ。思想、良心、信仰がどうあれ、拒否したら懲役刑だというのである。これは人の実存の根源にかかわるテーマにほかならない。有事法案とはすぐれて人の内面にかかわる問題である。いま構築されつつある巨大な有事法体系はこの国の骨格だけではなく人々の心性の質をもひどく変えてしまうことはまちがいない。奉仕活動促進や愛国教育を求める中教審の答申も有事法体系と無縁ではない。憲法九条だけではない、十三条も十九条も殺されようとしている。民主党は、自民党の思惑どおり、早晩有事関連法案修正協議に応じるだろう。日米新防衛協力指針（ガイドライン）、周辺事態法、テロ対策特措法成立の流れにマスメディアは無抵抗だった。それどころか、平和の風景を捏造してこれら戦争関連諸法案を過小評価してみせた。しかし、いまどんなに宣伝し操作しても、月は月ではない。なのに、まだあれを月だといいはる者が反対運動のなかにまでいる。これでは秋口以降、有事法案がとおりかねない。疲れる。沈黙したい。だが、やはり黙すことができない。月はほら、どう見ても月ではないのだから。まるい形をした狂気なのだから。

初出：「サンデー毎日」２００２年8月18・25日合併号。『永遠の不服従のために』所収

反革命

外の動物たちは、豚から人間へ、また、人間から豚へ目を移し、もう一度、豚から人間へ目を移した。しかし、もうどちらがどちらか、さっぱり見分けがつかなくなっていたのだった。（ジョージ・オーウェル『動物農場』から　高畠文夫訳　角川文庫）

とある農場の動物たちが、ある日あるとき、人間による搾取のない「すべての動物が平等な」理想社会を目指して反乱を起こす。これを指導し、煽動したのは老いたる種豚《たねぶた》メージャー。しかし、ナポレオンという名の豚が実権をにぎり、政敵のスノーボールという名前の豚を放逐して独裁体制を敷いてからは、動物たちは反乱前よりも過酷な条件で働かされるようになる。やがて指導層の豚どもと搾取者である人間の取引も復活し、理想社会のために奮闘してきた馬のボクサーが働けなくなると食肉用として人間に売りわたされてしまうほどの惨状に。ついには冒頭の引用のように、豚と人間は内面だけでなく外見さえ見分けがつかなくなってしまう。これがあまりにも有名な『動物農場』の粗筋である。一九四五年の刊行時には、スターリン主義批判の風刺小説とされ、邦訳されてからは、故開高健のようにファシズム批判の寓話であると解説したり、いや反共寓話なのだと主張する向きもでてきたり、定説はかならずしもない。はっきりしているのはこの小説が、スターリニストにとってもファシストにとっても、自称「社会主義国」の指導者たちにとっても、日本の「革新」政党や腐敗した労働組合幹部にとっても、なおまた（牽強付会に徹すれば）理想の一切をかなぐり捨てたマスコミ企業の幹部などおよそ国家や組織を背負う者たちのすべてにとって、同じ作者の『一九八四年』同様に、まことに毒性のつよいものであるということだ。

その『動物農場』を原作にした演劇が中国の若手演出家と役者らにより北京で堂々上演されているという。世人はいざ知らず、文化大革命期からかの国を見つめ通信社特派員として二度にわたり都合六年も北京で働いたあげくに国外退去処分を受けて帰ってきた私としては、にわかには信じがたいほどの大事件なのである。かつての中国では想像だにできなかったこれは、いったい革命的なできごとなのか反革命的な現象なのか、いや特段の背景などない若者たちのきまぐれなのだろうか。実際に観たわけではないから断じることはできないが、報道によると、中国版の演劇『動物農場』は、国立中央戯劇学院という演劇エリート校出身の役者らが豚や馬、鶏などの着ぐるみのようなものをまとってずいぶんコミカルに演じており、演出家も「喜劇として動物たちの喜びや怒り、痛みを一緒に味わって下さい」と「イデオロギー抜き」のコメディであることを強調しているという。だがしかし、口はばったいようだが、中国の演劇は、演じる側も観る側も抑圧につぐ抑圧を受けている分だけ相当にしたたかであり、巧みなメタファーに満ちている。思想性皆無などまずありえないことなのであり、演出家氏のコメント自体、読みようによっては、微妙な訴求力を感じる。

中国史上はじめて『動物農場』が演じられたのが、第十六回中国共産党大会閉幕後間もないタイミングというのも、とても偶然とは思えない。あの党大会で印象的だったのは、私営企業経営者も「社会主義事業の建設者」だから合法的権益を保護しなければならないとして、入党を認める規約改正をしたことであった。ＧＤＰ（国内総生産）が上がる一方で、失業者がどうにもならぬほど増大し、都市と農村の生活格差も開くばかりである。党指導者の近親者が企業の実権をにぎったり、国家官僚がいばりくさるという綱紀の乱れと腐敗はとどまるところを知らない。事実上の資本家と搾取の容認、拝金主義、消費主義、売買春の蔓延……中国はそもそもなんのために革命を起こしたのかといまさら問うのさえばかばかしくなるようなひどい現状なのである。じつのところ、『動物農場』は芝居として演じられる以前に中国にはもっともっと壮大なスケールで実在していたといっていい。『動物農場』的な現実からフィクションの『動物農場』を観る気分とは果たしてどのようなものか。客らは舞台上の特権階級の豚たちを指さしてはゲラゲラ笑っているらしいが、怒りや絶望を底に沈めた薄ら寂しい笑いではないのか。

原作の『動物農場』の終章では、革命を起こした動物たちの当初のスローガンであった「四本脚よい、二本脚悪い」が、いつのまにか「四本脚はよい、二本脚はもっとよい」に変わってしまっている。「プロレタリアート万歳！」が「プロレタリアート万歳！　資本家もっと万歳！」に変質したようなものである。豚の独裁者ナポレオンは二本脚で立って、服を着て、酒を飲み、カードを楽しんだりする。あのあたりを、北京の芝居ではどのように演出したのか。江沢民氏にどこかよく似た豚が登場したのかどうか。いやいや、他人事と笑ってばかりもいられない。こうした変節漢はかつてのソ連、現在の中国だけではない、連合という日本の「労働組織」などにもうようよいるのだから。若いころには、『動物農場』を皆で読みながら、ジョーンズ氏はロシア皇帝、メージャーはレーニン、スノーボールはトロツキー、ナポレオンはスターリン、ナポレオンが育てた九頭の猛犬はＧＰＵ《ゲーペーウー》（ソ連国家政治保安部）かＫＧＢ《カーゲーベー》（国家保安委員会）、スノーボールの逃亡とはトロツキーの亡命、風車の建設は経済五ヵ年計画、ナポレオンとフレデリック氏の取引は独ソ不可侵条約のこと……等々と登場者と筋書きを実際の史実に合わせて侃侃諤諤議論し、なんとはなしにスノーボールに一縷の希望をつないだりしたものだった。いま、そんな希望などどこにもない。二十世紀は『動物農場』を克服できず、二十一世紀初頭のいまは元祖『動物農場』後の、もっともっとでたらめな〝新動物農場〟がジョージ・W・ブッシュという戦争狂の豚によって営まれているのだから。

ところで、オーウェルについては九六年七月に、きわめてショッキングな報道がなされた。彼はその晩年、英政府が冷戦初期に設けた反共プロパガンダ機関である情報調査局（IRD）と内通し、隠れ共産主義者やそのシンパの作家らに関する情報提供をしていたというのだ。同月に公開された英政府機密文書から判明したというのだが、何人かの優秀なオーウェリアンを友人としていた私は半信半疑ながらずいぶん暗澹としたものである。ジョージ・オーウェルもまた『動物農場』の滑稽で哀しき一員だったのだ。おそらく、当分は世界のだれもこの戯画から逃れることはできないのかもしれない。

初出：「サンデー毎日」２００２年12月15日号。『いま、抗暴のときに』所収

5

死刑

花影や死は工《たく》まれて訪るる

ストラスブールの出来事

死刑は司法に対する復讐の勝利を意味し、人間の第一の権利である生命権を侵すものである。極刑が犯罪を防止したことはないのである。（中略）死刑を行う社会は、象徴的に、暴力を奨励している。（第一回死刑廃止世界会議の最終宣言から）

この国のマスコミが、あたかも各社鳩首凝議《きゅうしゅぎょうぎ》した結果でもあるかのように、決して大きく継続的にはとりあげないテーマがある。死刑問題がその一つだ。ために、この国には死刑制度が存在するという事実さえ知らない若者もいる。国家が、どこで、どのような手段で、死刑囚を殺しているのかについては、さらに多くの者が知らない。確定死刑囚が現在何人いて、どのように遇されているかにいたっては、新聞記者すら知らない場合が多いという体たらくである。

なぜなのだろうか。国家や天皇制がからむ、まがことらしい部屋には近づかないというマスメディアの習性もあろう。マスコミが日々去勢され、年々歳々体制内化していく一方で、法務当局が死刑に関しては徹底的な「密行主義」を貫いているということでもあろう。この国の死刑は、だから、いまも不可視の暗部でありつづけ、またそれゆえに、確定死刑囚五十五人の一人、大道寺将司氏は、近著『友へ　大道寺将司句集』で、かくも鮮やかに詠んだのである。

花影や死は工《たく》まれて訪るる

死刑に関するかぎり、この国とそのマスコミは、言葉の最も悪い意味で、〝社会主義化〟してしまっている。ほら、すぐ近くの某人民共和国顔負けなのだ。国際社会の非難も勧告も聞くものではなく、国内で議論すること自体、なにかとんでもない禁忌を犯しているかのような雰囲気がいまだにあるではないか。

こうした事情から、冒頭の宣言どころか、第一回死刑廃止世界会議（二〇〇一年六月二十一日〜二十三日）がフランスで開かれたという事実そのものが、日本ではあまり知られていない。欧州ではもう旧聞に属するこの会議の意味は、しかし、じつに大きい。やや大げさにいうなら、これほど本格的規模の死刑廃止国際会議は有史以来はじめてであり、会議が死刑制度という視座から二十一世紀の国民国家のありようを問うたこと、とりわけ、死刑制度存置国・日本の前近代性が炙《あぶ》りだされたこと——などは特筆に値すると思う。

このまま黙殺されては悔しいので、改めてなぞれば、会議の主催者はアムネスティなどの市民団体だが、ニコル・フォンテーン欧州議会議長やラッセル・ジョンストン欧州評議会（ＣＥ）議長らが後援者として名を連ね、フランス・ストラスブールのＣＥ議場が会場となるなど、死刑廃止を加盟条件としているＣＥ（四十三ヵ国加盟）主導で議事が進められたようだ。参加者八百人、発言者百二十人、取材記者百五十人というのも空前の規模である。日本からは、冤罪の元死刑囚・角田栄さん、犯罪被害者遺族の原田正治さん、菊田幸一・明大教授、社民党の福島瑞穂議員、弁護士の田鎖麻衣子さんらが出席、それぞれ日本の死刑制度の実情につき発言している。

冒頭に引用した最終宣言やフォンテーン、ジョンストン両議長らのあいさつ、ＣＥ議員会議の決議などで、私がとくに注目したのは、欧州各国が死刑制度というものを、単にそれを存続させている国々の内政問題としてでなく、温暖化問題などと同じく、人類社会共通の病弊として非難する姿勢を以前より一段と鮮明にしつつある点だ。そして、死刑制度を存置している日本と米国（制度が州により異なる）に対し、これまでより強い口調で廃止を求めたことも見逃せない。

死刑廃止世界会議の閉会を受けて行われたCE議員会議では「議員会議は日本とアメリカ合衆国に対し、以下のように要求するものである。ⅰ遅滞なく死刑執行の停止を実施し、死刑廃止に必要な段階的措置をとることⅱ直ちに死刑囚監房の状況を改善すること」という、かなり強硬な決議を採択している。これは、日米両国がCEのオブザーバー国であるにもかかわらず、死刑制度を依然存続させているからであり、二〇〇三年一月一日までに著しい改善が見られない場合は、CE議員会議として、両国のオブザーバー資格につき異議を唱えるとまで明言している。

つまりは、経済、軍事、環境、文化にわたる米国主導のグローバル化やいわゆる米国スタンダードの拡大に反発を強める欧州各国が、死刑制度という近代国民国家の暴力的規範のありようについても異議を申し立てたわけである。もはやあらゆる意味合いで帝国主義化しつつあるブッシュ大統領下の米国とそれにただひたすら追従する日本を加えた、欧州対日米連合という外交上の新しい対立構図が、ここでも浮き彫りになったかっこうだ。

フォンテーン欧州議会議長は、死刑廃止世界会議でのあいさつで「死刑には重大犯罪を抑止する力がない、という共通の認識が欧州中に浸透しつつある。人命は尊いという原則を侵すことなく重大犯罪から身を守る効果的な方法が現代社会には存在する。死刑は『目には目を、歯には歯を』という古い復讐法の遺物である」と指摘し、死刑の適用は「生命の聖なる本質を汚すもの」と強調している。こんなことも野蛮な日米両国にはわからないのか、といった高みからの口ぶりにも聞こえぬわけではないけれど、様々の曲折を経て、死刑制度廃止を達成した欧州の自信と、人間と国家を論じるときの、ブッシュ氏や小泉氏には残念ながら逆立ちしても真似のできない格調というものが、ここにはある。

これに対し、日本政府はどうしたか。会議に参加した「フォーラム90実行委員会」発行のニューズレター『FORUM90NEWS増刊号』によると、死刑は国内問題であり、存廃は世論と国内犯罪状況によって判断されるべきだ、という趣旨の、英文でたった十行ほどの意見書を会議場で配り、顰蹙《ひんしゅく》をかったのだそうだ。このあたり、首相の靖国参拝や教科書問題に関する諸外国からの批判への、居直ってみたり、凄んでみたりの排外主義的対応と変わりがない。にしても、死刑廃止世界会議から帰国したメンバーのだれもがいうのだ。日本ではまだ死刑制度があるのかと欧州各地で驚かれた、と。秘密主義は国内だけでなく、国外でも奏功しているというべきか。

第二回の死刑廃止世界会議を日本で開く計画があるという。CEオブザーバー国・日本は、直ちに死刑執行を停止し、会議に全面的に協力すべきではないか。

初出：「サンデー毎日」２００１年９月２日号。『永遠の不服従のために』所収

わが友

このところ自分の体臭が感じとれなくなってきました。死期が定められている者には、どうやってもその死臭から逃れられないといいますし、ということは、ニルヴァーナ流に言うなら、僕はもう既に生者のそれではなくて、死者の臭いを漂わせつつあるということなのでしょうか？（友人Aの手紙から）

この連載を一冊にまとめた『永遠の不服従のために』の刊行記念サイン会をした。いつもなら、麗々しい儀式を恥じ入る気持ちと闘いながらやるのだが、今回はちがった。事前に「爆弾をしかける」という脅迫電話が入ったものだから、恥よりもなによりも、私は緊張で身構えていた。襲われてもすぐに飛び退くことができるように椅子に浅く腰かけ、机の下の脚をスタートラインの陸上の選手みたいにくの字に曲げ、両のくびすは終始床から上げていたのである。顔はなんとか平静を装っていたつもりだが、会場にみえた読者のなかにはものものしい空気に不快を感じた向きもおられたであろう。とりわけ、駆けつけてくれた友人Aのお母さんには申しわけなく思っている。警戒のあまり、日々の心労をいたわる言葉も満足にかけることができなかった。Aにくれぐれもよろしくといったつもりではあるけれども、やや上の空だったかもしれない。もっとゆっくりと心をこめてお話しすべきであった。そのことをいま悔やんでいる。

Aの母堂がくるなど夢にも予想しなかった。お母さんは心もち肩のあたりが削げたようだ。驚く私の顔を見て、彼女は声を殺すようにして話した。息子からこのサイン会に行ってくるようにといわれたのです。息子は新聞の広告でこれを知ったのです。サインの為書きには息子の名前をしたためてほしいのです、と。Aは私の最良の読者の一人である。あれほどの読解者はそうそういない。彼のことを私は三日と忘れたことはない。嬉しかった。獄中のAには私の本のほとんどをすでに差し入れた。だが、確定死刑囚となったいま、近い親族ではない私には面会することもこの新刊を差し入れることも手紙を送ることもできない。世界でも最悪クラスの拘置所制度のゆえである。だが、これできっと母からAへとこの本は渡ることになるだろう。サインする私の手が震えた。脅迫電話とAの母との再会の二つに動揺し、声は抑えても抑えても上擦ってしまった。

風の便りに、Aがハンストのようなことをしたと聞いていた。食事になにかの虫が入っていたことに腹を立てたのだという。日に十数回も石鹸で手を洗うほど潔癖性の彼のことだから、大いにありうる。ことの顚末がどうだったか、私は母堂に訊ねる余裕もなかった。教誨師を頼んだらしいという話も耳にした。けれども、その人物が死刑制度反対の立場だったので、拘置所側が教誨師として認定せず、不首尾だった、とも。明文化されてもいない拘置所のこうした「規則」が平気で憲法を食い破っている。名古屋刑務所刑務官の受刑者に対する暴力事件が明るみにでたが、東京拘置所には同種の問題がないのか。これらの話を私はAの母とすべきであった。けれども、頭の三分の一ほどが脅迫電話のことで占められていたために、あらためてお会いして話す約束も取りつけないでしまった。母堂は背をまるめ、私の本をおしいただくようにして帰っていった。

帰宅してから、Aの手紙を資料箱から取りだして読み返した。桜マークのなかに東京拘置所の「東」が印字された便せんからは、もうかなりの時をへているのに、濃い石鹸のにおいが褪せもせずむせるほど漂ってくる。刑が確定する直前の手紙のなかに冒頭の文章はあった。十ヵ月以上も前である。あの時点から、みずからは嗅ぎとることのできない死臭をそこはかとなく感じて苦しんでいたのだとしたら、刑が確定したいまはどうなのだ。明日かもしらん。数年先かもしれない。いつくるのか、死の直前まで告げられない絞首刑の時を、この先、あの青年はどうやって待つことができるのか。そんなようなことをくさぐさ思いめぐらしていたら、脅迫電話など暴風雨のなかでひる屁のようにどうでもいいことのように思えてきた。これは私の悪い癖で、おい、くるならきてみろよ、どうだ、その気ならサシでやろうじゃないか、と自棄にまがう心もちにもなった。これはしかし自棄ではない。Aの魂が私に入りこんできたのかもしれないのだ。たぶん、ほのかな死臭ごと。

彼の手紙には「今でこそシアトルというとイチローや佐々木ですが、僕らの世代はシアトルの陰鬱な空＝カート・コバーンでした」という個所もあった。私がコバーンが結成したニルヴァーナの音楽のことを書いた（『永遠の不服従のために』の4「奈落」所収）とき、Aが手紙でつよく反応してきたのだ。E・クラプトンなんかより、じつはニルヴァーナのほうがよほど好きだったのだ、と。どうやら、クラプトンの話は私の歳に合わせてレベルダウンしてくれただけのことだったようだ。油断ならない。Aが犯行時に使った車には、伝説的アルバム『ネバーマインド』かなにかも積みこんであったようだ。彼が人びとを死に至らしめたときも、頭蓋の奥でニルヴァーナのホワイトノイズが鳴り響いていたかどうか、事件の鍵をにぎる少女と車のなかでいっしょにそれを聴いたか、私にとっては大事なことなのだが、いかなる法廷資料にもそれは記されていない。彼とそれを話すチャンスもなくなってしまった。Aは書いていた。「コバーンが銃で頭をぶちぬいて自分を消去したのはたしか二十七歳の時でしたが、僕はいつの間にか彼の歳を追い越してしまいました」。コバーンが自殺する二年前、Ａは数人を刃物で死に至らしめ逮捕されている。自死は拘置所で知ったはずだ。「もう何年もニルヴァーナを耳にしていませんが、今はここでも唯一水曜日午後六時から六時五十分までの間、ＦＭで洋楽専門のリクエスト番組が流されているので、僕の脳みそが飛び散るまでは、いつか一度くらいは聴くことができるかもしれません」とも彼は書いてきた。ずっと忘れていたが、いつかその番組に曲をリクエストしてみようと思う。Ａの耳に届くかわからないが、「WHERE DID YOU SLEEP LAST NIGHT」を頼んでみよう。

夜半に、Ａが刃物を突きたてた人々の死体の現場写真を見た。私はまれに、そのようなことをして自分をたしかめる。刃物が突き刺された臓器をいちいち取りだして撮影した司法解剖の映像をも正視してみた。酷《むご》い。あまりに酷い。血がにおいたち、死臭が私の部屋にも満ちてきた。それでもＡに対する死刑執行に反対するか、自問した。ややあって自答した。絶対に反対する。そして、眼に見えぬ私への脅迫者に対し、もう一度つぶやいた。おい、くるならきてみろよ。

初出：「サンデー毎日」２００２年12月1日号。『いま、抗暴のときに』所収

夢の通い路

咎人《とがにん》の首を打つ役人が、大刀を振りかざしつつなにを口にするものか、ずっと気になっていた。観念せよ、か。ちがうのだ。「まだ間があるぞ、まだ間があるぞ」というのだそうだ。まだ間があるぞと、咎人を油断させておいて、一気に首を斬り落とす。間なんかじつはないのだ。（拙著『独航記』「刑場跡にて」から）

運動不足ゆえに肥えに肥えてしまった私の年若い友人Aが医務官から痩せるようにいわれた、という話を以前書いたことがある（『いま、抗暴のときに』の1「大量殺戮を前にして」所収）。いわゆる確定死刑囚のAはさぞやその指示に反発しているだろうと私は想像したのだった。時いたれば縊《くび》り殺すというのに、痩せろも太れもないだろう、と。まったくお上のやることときたら気が知れないが、拙文を読んだらしいAがごく最近、手紙で反応してきた。彼らはなぜ痩せろと命じるか。Aはいう。「それは（絞首刑執行後）重い私の死体を運ぶのが大変だからでしょう」。この期におよんでまだ恰好をつけて笑うに笑えないジョークを飛ばしてみせるAの性格を私は好んでいる。この手紙は直接私のもとに届いたのではない。彼が母堂にあてた手紙のなかで記していたのである。死刑が「確定」すると通常一定の親族としか手紙のやりとりも面会も許されなくなる。軍事独裁国家顔負けの非人道的制度である。母親に手紙をしたためるのも一通につき便せん七枚以下と決められている。私はしたがってもう一年半もAに会えず、手紙も交わしていない。その間に拘置所は四百億円以上かけて建て替えられ、彼は新しい監房に移された。建て替えられたそれは遠くから見るとホテルみたいに立派だが、なかは地獄という話がもっぱらだ。古い監房の窓からは外の植物や高速道路などがわずかに見えたが、いまは窓と居房の間に巡視路が故意に設けられ、草一本眼にすることも移ろう四季を感じることもできなくなった。「なかから覗かれたくないとの要望が周辺住民からあったため」と役人は説明するが、外界との完全な遮断による心身の障害は増える一方だと聞く。運動場も変わった。いまはコンクリートの床と壁に囲まれて、見えるのは虚空のみ。国連の被拘禁者最低規準では「毎日少なくも一時間の戸外運動」が保障されているはずなのに、Aのいる拘置所ではコンクリートの狭い閉鎖空間で週に二、三回、たった三十分の「運動」が許されているだけだ。Aは面会室で待つ母に会うのに施錠された四つの鉄のドアを通らなくてはならないのだという。監獄や拘置所といった公的閉域のありようは国家の貌をなにがしか象徴するものだ。Ａのいるそこも見てくれは上等だが内実はとても非人間的という点で、この国の娑婆《しゃば》と相似形をなす。ともあれ、私はＡから遠ざけられた。そう思っていたのだが、彼のほうはめげずに私との交信を求めているようだ。母堂あて（というより事実上私あて）の手紙によると、Ａはこの連載も、これを単行本化した『永遠の不服従のために』も、ノーム・チョムスキーと私のやりとりも、端から端まで、（はっきりいって担当の編集者以上の集中力で）まるで舐めるようにして読んでいたのだった。私はなによりそのことを光栄に思う。このたびの手紙では、米英のイラク侵略以前に行った私のインタビューでチョムスキーが当時からどれほど的確に不当な軍事攻撃の実態と背景を見抜いていたかを、Ａは現在のイラクの風景に照らし、いちいち発言個所を引用して証明しようと試みていた。それらのなかには、「ああ、そうだったか」とわれ知らず感嘆の声をあげてしまうほど見事な論証もあった。拘置所の入り口から数えればおそらく七つ前後の鉄の扉に隔てられているであろうこの世の最奥の絶対的閉域で、かつて複数の人間を酷い死にいたらしめた男により、こんなにまで深く静かな思念がなされているという事実に私は撃たれる。「意外」ということでは、それはないのだ。むしろ腑に落ちるのである。そして、いま書くということ、表現するということ、伝えるということ。じつのところ、それは、のっぴきならないことだ、抜き差しならないことなのだ、ぞっとするほど怖いことなのだ、と軀中の肝《きも》という肝で感じたことだ。さて、そのAは以前の手紙で私の夢を見たとほのめかしてきたことがある。いい換えれば、私は彼の夢に入りこんだことがある。つまり、私の魂は私の軀からでて最奥の閉域を難なく侵し、そこで眠っていた彼の夢のなかでひとしきり遊んだのである。めったには明かしたことがないが、私にはそうした特技というか癖というか病気がある。六条御息所《ろくじょうのみやすどころ》のような特定の対象への憑依《ひょうい》めいた話ではない。夜半に私の魂が、じゃ旦那、ちょいとばかり行ってきますねとかなんとかいって軀から抜けでて、まことに無遠慮なことには不特定の他人の夢に入りこんではさんざ遊びまくったすえ、朝まだきに私の軀に帰ってくる、離魂《りこん》病《びょう》に似た煩《わずら》い。魂は他人の夢のなかでどんな悪戯をしてきたのかいちいち私の軀に報告しはしない。ただ、薄汚く老いた獣の剝製のように寝床にじっと横たわり魂の帰還を待つ私には大体の察しがついている。私の軀に戻ってくるときの魂のあの襤褸綿《ぼろわた》のようになった疲れぐあい。あれは、他人様の夢のなかで、夢の主に対し、醒めては口にするのが憚られるようなひどく下卑た言葉を浴びせて糾弾しつづけた証拠である。逆に歯が浮くような気障《きざ》で偽善的な言葉で夢の主をほめそやしたりもしているようだ。あるいは、老若の別なく異性の夢に入りこんでは、人外《にんがい》ここにきわまるといった名状もできないほど淫らな行為におよんだこともあったようである。私の魂は夢の主とともにおおかたは「悪夢」をこしらえているようだ。その被害者はたぶんA一人にとどまるまい。たまにわけありげな面差しの人間に会うとき〈この人は羞ずかしくて口にこそしないが、俺をたっぷり夢のなかに入れてしまったことがあるな〉と私は確信に近く感じとることもある。というわけで、〝夢侵犯〟の被害は拙稿の読者たちにも広くおよんでいるとみるのが自然かもしれない。連載の最後にあたり、加害者としてこの点を一応お詫びしておきたい。でも、今後二度とこれを繰り返さないかといえば、なにしろ気儘《きまま》な魂の所業ゆえ、獄中のAにも獄外の読者たちにもまったく保障のかぎりではない。一方で私には読者と私をつなぐ夢の回廊を、それがどんなにふしだらで淫らで危うくていわゆる「反社会的」であるにせよ、スパッと断つのではなく、やめようとしてやめられない毒薬のように秘やかに保持していたいという思いもある。なにしろ、この夢の通い路をひとり行くならば、世界最奥の薄明で浅い眠りを眠るAにも会える。眼には視えない日常という監房にいらだち、ときに世界へのろくでもない破壊衝迫や殺意を感じて、よせばいいのに夜半にひとりうち震えたりしているあなたとも会えるのだから。夢の回廊は、より深く病み、微熱を帯びてぼうっと緑青色の光を闇に浮かべている魂の根っこと繋がっている。いつかまた、私の魂は蹌踉《そうろう》とそこに通うことになるだろう。あなた、待っててくださいね、すぐに着きますからね。猫なで声でそう呟き呟き私の魂は悪い夢へと赴く。金輪際、合唱しない、唱和しない、シュプレヒコールしない、朗読しない、読経しない。そう誓いたがっているあなたの夢に、いつかするりと入っていく。「まだ間があるぞ」なんていったって、もう間なんかないことを、私は首筋のあたりで感じている。ああ、駆け足になる。

初出：「サンデー毎日」２００３年７月６日号。『抵抗論』所収

きっとこうなるであろうことが、やはり、そうなったことについて

――あとがきにかえて

辺見庸

本書は二〇〇〇年初頭ごろに、〈これをこのままほうっておくと、やがてはこうなるであろう〉と確信し危懼《きく》していた心象を、ときどきにしたためたもののアンソロジーである。〈これをこのままほうっておくと、やがてはこうなるであろう〉ことどもはその後、周知のとおり、そして予感のとおり、大した摩擦もなく、そうなってしまった。ひとびとは災厄に手をこまねき、いまは手をこまねいたという自覚すらない。わたしは思いふくざつであり、やっぱりなというあきらめとも自嘲ともつかない縒《よ》れた感を否めぬものの、体内にくぐもった怒りは、病とともに憔悴し、いずれ消尽しはてると思いきや、暗い熱をおびて

ふくらむいっぽうなのである。怒りはひとり支配権力にむかうだけのものではない。それを支えるともなく支えつづける顔のない民衆と個人のいないメディア、暴力団と本質的に変わるところのない政党と政治、ほとほと見さげはてるほかない、いわゆる知識人と文化人らを、文字どおり唾棄すべきものとして、ためらわず、相当の殺意をもって睨めつけたい思いはつのるばかりである。わたしが言おうと言うまいと、今後にはげしい諍《いさか》いと暴力のくるのは避けられまい。そのことをもう隠すべきではない。すさんでいないふりをして、そのじつすさみきった風景の皮が、これからいっそう容赦なく剥がされ、めくられて、ひととその世界はかつてよりいっそうありていになるだけの話ではある。

『永遠の不服従のために』『いま、抗暴のときに』『抵抗論』という、いま見れば、ずいぶん大げさな書名の三冊は〝抵抗三部作〟として、（昔日はそれなりにまともな出版部門をもっていた）毎日新聞から順次、刊行された。わたしは『抵抗論』刊行直後の二〇〇四年春に、脳出血でたおれ、その後もあいついで病をえたのだが、伝法な言い方をおゆるしいただければ、死にぞこなってしまい、いまなお死にきれずに、日々を死にぞこなっている為体《ていたらく》である。そのような人間はおためごかしを言うべきではない。本書と本書のもととなった三冊に、つけくわえたいことはない。修正すべき点もとくにない。〈これをこのままほうっておくと、やがてはこうなるであろう〉とわたしが思ったいきさつを、そうなってしまった現況に照らしてお読みいただければ、それでよい。
ただひとつ未練たらしく記せば、それでもわたしは、そのなかにわたしをもふくむ〝敵〟と、おきるべき事態をあなどっていたのではないか、見くびっていたのではないか、なめていたのではないか……という、いささかの自省はある。なにをなめていたか。すさみの質と深さを、である。自他およびそれらの関係性の壊れ方と、それにともなう、すさみの質と深さを書かなければならない、それはあるていど書ききれるだろう。と、いっしゅんでも思ったとすれば、わたしはげんざいときたるべき時の腐れのすごみを見あやまり、なめていたのだ。死にぞこないは、自他のすさみの性質と深度をぜったいになめてはならない。それはだんじて赦されない。徒《あだ》なきれいごとは言うべきでない。したがって、わたしはありていに死ぬまでに残されたじかんに、げんざいときたるべき腐れの、底なしのすごみについて、ひきつづき書くべくつとめなければならない。

二〇一六年六月

辺見《へんみ》 庸《よう》

1944年宮城県石巻市生まれ。早稲田大学文学部卒業。1970年共同通信社入社。北京特派員、ハノイ支局長、編集委員などを経て、1996年退社。1978年日本新聞協会賞、1991年『自動起床装置』（文藝春秋）で芥川賞、1994年『もの食う人びと』（共同通信社）で講談社ノンフィクション賞、2011年『詩文集　生首』（毎日新聞社）で中原中也賞、2012年『眼の海』（毎日新聞社）で高見順賞を受賞。近著は『青い花』（角川書店）、『いま語りえぬことのために——死刑と新しいファシズム』（毎日新聞社）、『霧の犬　a dog in the fog』（鉄筆）、『もう戦争がはじまっている』（河出書房新社）、『増補版1★9★3★7』（河出書房新社）など。

永遠《えいえん》の不服従《ふふくじゅう》のために　辺見庸《へんみよう》アンソロジー

著 者　辺見庸《へんみよう》

2016年6月29日　初版発行

発行者　渡辺浩章
発行所　株式会社　鉄筆
〒112-0013　東京都文京区音羽1-17-11
電話　03-6912-0864
印刷・製本　近代美術株式会社

落丁・乱丁本は、株式会社鉄筆にご送付ください。
送料は小社負担でお取り替えいたします。
定価はカバーに明記してあります。

ISBN 978-4-907580-09-4
Printed in Japan